紅樓夢古抄本叢刊

舒元煒序本紅樓夢

【二】

人民文學出版社

紅樓夢第十四回

林如海捐館揚州城　賈寶玉路謁北靜王

話説寧國府中督總管来昇○聞知裡面委請了鳳姐管事○因傳齊了同事人等○説道如今請了西府的璉二奶、来管理内事○倘或他来着人支取東西○或是説甚什庅話時○我們須要比往日小心些○每日大家早来晚散○寧可辛苦這一個月○過後再歇着○不要把臉面丟了○那是個有名的烈貨○臉酸心硬○一時惱了○是不認得人的○你們難道没听見那府的人議論庅○衆人都道

一

有理。內有一個笑道。論理我們裡面也須得這樣的一個人来
整理整理才好。都特式不像了。正說着只見来旺媳婦拿了對牌
来領取呈文紙京榜紙劄。票上批着數目。衆人連忙讓坐倒茶。
一面命人按數取来。抱着同来旺媳婦一路行来至儀門口。方
交與来旺媳婦自己拿着進去了。鳳姐即命彩明釘造簿冊。即
時傳来昇媳婦来。令取家口花名冊檔来查看。又限于明日一
早傳齊家人媳婦進来听差等語。大槩點了一點數目。又問了
来昇媳婦几句話。便上車回家。一宿無話。至次日卯正二刻。便

過来了。那寧國府中的婆娘媳婦俱已到齊。只見鳳姐正與来昇媳婦分派各欵事件。衆人不敢擅入。只在窓外听覷。只听鳳姐說道大哥、既然再三的托了我。、就說不得要討你們嫌了。我可比不得你家奶、好性兒。由着你們去。再自我分派之後。不要說你們這府裡的例原是這樣的話。如今我既然管了。就要依着我行。倘有錯我一點兒。我管不得誰是有臉的。誰是沒臉的。我總是一例的現清白處治。你們可別自招沒趣兒。說着便吩咐彩明念花名冊。按名一一的叫進来過目。一時看完。

二

便吩咐道這二十個分作兩班。每日十個在裡頭。单管人来客往倒茶。别的事不用他們管。這二十個也分作兩班。每日单管本家親戚的茶飯。别的事也不用管。這四十個人也分作兩班。單在靈前上香添燈油掛幔守靈供飯供茶隨起舉哀。别的事也不必管。這四十個人单在内茶房收管杯碟茶器。若少一件。便叫他四十人賠補。這四十個人单管酒飯器皿。若少一件。也是他四十個人賠還。這八個人单管監收祭禮。這八個人单管各處油臘燭紙劄。我成總支了来。交與你八人。然後按我所定

數目。再往各處去分給。這三十個人。每日輪流各處上夜。照管
門戶。監察火燭。打掃地面。這下剩的按着房屋。分開某人守某
處。某處所有桌椅古董起以及痰盒担箒。一草一苗。或丟或壞。
就和守這幾處的人算賬均賠。至来昇家的每日督摠查看。或
有偷懶的。賭錢吃酒的。並打架拌嘴的。即来回我。你要狥私作
情。經我查問出来。你這三四輩子的老臉。我就顧不成了。如今
都有了定規。以後那一行亂了。只和那一行説話。素日跟我的
人。隨身自有鐘表。不論大小事。我是皆有一定的時辰。橫豎你

三

們上房裡。也有時辰鐘。卯正二刻我來點卯。已正吃早飯。凡有領牌回事的。只在午初刻。戌初燒過黃昏紙。我親到各處查一遍回來。上夜的交明鑰匙。第二日仍是卯正二刻過來。說不得咱們大家辛苦這幾日。把事情完了。你們大爺自然從重賞你們。就有了。說畢。又吩咐按數發給茶葉燈油蠟燭雞毛担箒笤箒等物。一面又搬取傢伙桌圍椅搭坐褥毡蓆痰盒脚踏之類。一面交發。一面令人登記。某人管某處。某人領某物。開得十分清楚。衆人一一領去了。自分派之後。各人都有了投奔。不似先

前則揀便宜的做。剩下苦差。彼此推委。沒個招拴。各房中也不
能趂亂失迷東西。便是人来客往。也都安静。不比從前一個正
擺茶。又吽去端飯。正陪着舉哀。又令接客。如這些無頭緒推委
偷閒得便窃取等弊。次日一概免了。鳳姐兒見自己的威重令
行。心中却也十分得意。因見尤氏犯病。賈珍又過于悲哀。不大
進飯食。自己却每日從那府中煎了各樣的細粥。精緻小菜。命
人送来。勸賈珍夫婦食用。賈珍也另外備辦些上等菜。送到抱
厦内單伺候鳳姐吃。那鳳姐不怕勤勞。天、于卯正二刻過来

四

黠夘理事。獨在抱厦内起坐。不與衆妯娌們合羣。便有堂客来
往。也不迎去會聚。這日乃五七正五日上。那應佛事僧正開方
破獄。傳燈照亡。参閻君都鬼。延請地藏王開金橋。引幢幡。那道
士們行香。放燄口。拜懺。又有十三衆青衣尼僧搭綉衣。靸紅鞋。
在靈前念誦接引諸咒。十分熱鬧。那鳳姐料定今日来客不少。
在家中歇宿一夜。至寅正平兒便請起来梳洗。及收拾完備。更
衣。吃了两口奶子糖粳粥。漱口已畢。已是夘正二刻了。来旺媳
婦率領諸人伺候已久。鳳姐出至廳上了車。前面打了一對明

角燈○、上大書榮國府三個大字○款、来至寧國府的大門上○只見門燈朗掛○兩邊一色戳燈○照如白晝○白汪、穿孝的僕從○兩邊侍立○請車至正門上○小廝等退去○衆媳婦上来揭起車簾○鳳姐下了車○一手扶着豐兒○兩個媳婦執着手把燈前引○撮擁着鳳姐進来○寧府諸媳婦迎出来請安○鳳姐款、緩○、走入薈芳園中登仙閣靈前○一見了棺材○那眼淚恰似斷線之珠○滚将下来○院中許多小廝垂手伺候燒紙○鳳姐吩咐了一聲供茶燒紙○只听一棒鑼鳴○諸樂齊奏○早有人端過一張大圈椅接来放

五

在靈前。鳳姐坐了。放聲大哭。于是裡外男女上下。見鳳姐出聲。都忙齊聲嚎哭。一時賈珍尤氏遣人来勸。鳳姐方才止住。来旺媳婦獻茶嗽口畢。鳳姐方起身別過族中之諸人。自入抱厦内按名查點。各項人數。俱已到齊。只有迎送親客上的一人未到。即命傳到。那人已張皇愧懼。鳳姐冷笑道。我說是誰悮了呢。原来是你。、比別人有体面。所以不听我的話。那人道小的天、都来的早。只有今日醒了時。覺得還早些。因又睡迷了。来的遲了一步。求奶、饒過這次。正說着只見榮府中的王興媳婦来了。在外探頭。鳳姐且不發放這人。却先問他作什庅来了。王與媳婦巴不得先問他。、完了事好去。遂連忙進来説領牌取線。打車轎上網絡。説着將個帖兒遞將上去。鳳姐命彩明念道大轎四頂。小轎四頂。車四輛。共大小絡子若干根。用珠兒線若干斤。鳳姐听了數目相同。便命彩明登記。取榮府對牌交于王與家的拿去了。鳳姐方欲説話時。只見榮府的四個執事的人進来。都是要支領東西領對牌来的。鳳姐向他們要了帖子。令人念着听了。一共四件。因指着這兩件説道。這兩件開銷錯了。再

另算清楚了来取。說着便把原帖兒擲下去了。便說你二人遅趁
着我的事多。故来有意蒙混于我。可仔細你們的皮肉。說的二
人不敢回說。只掃興而去。鳳姐因見張材家的亦在傍侍立。因
問道你有什庅事。張材家的忙進前取帖兒回說。就是方才車
轎幃圍子作成了。領取裁縫工銀若干兩。鳳姐听了便收了帖子。
命彩明登記。待王興家的交過牌。得了買辦的回押相符時。然
後才與張材家的去領。一面又命念那一個。是為寶玉的外書
房收拾完竣。支買紙張糊裱。鳳姐听了即命收了帖子登記。待

張材家的繳清。又發與這人去了。鳳姐便説道明兒他也睡迷了。後兒他也睡迷了。將来都没有了人了。本来要饒你。只是我頭一次寬了你。下次難管人了。不如開發的好。登時放下臉来。喝命代〔帶〕出去打二十板子。一面又擲下寧國府對牌去。説與来昇革他一月銀米。衆人听説。又見鳳姐眉頭立着。知是惱了。不敢怠慢。拖出去的拖人。執牌傳諭的忙去傳諭。那人身不由己。已拖出去挨了二十大板。還要進来叩謝。鳳姐道明日再有悞的打四十。後日的打六十。你們有愛挨打的只管悞。説着分付

七

散了罷。窓外衆人听說。方各自執事去了。彼時榮府寧府兩處執事的人。領牌的。交牌的。来往不絕。那抱愧被打之人。含羞去了。這才知道鳳姐利害。衆人不敢偷安。人各兢、業、執事保全。不在話下。且說寶玉因見令日人多。恐秦鍾受了委曲。因與他商議要同他往鳳姐處来坐、。秦鍾道他的事多。况且不喜人去。咱們去了豈不惹他煩膩。寶玉道他怎好煩我們。不相干只管跟我来。說着便拉了秦鍾直至抱厦內。鳳姐才吃飯。見他們来了。便笑道好長腿子。快上来罷。寶玉道我們偏了。鳳姐道在這邊外頭吃的。還是那邊吃的。寶玉道這邊同那些渾人吃什庅。原是那邊我們兩個同老太、吃了來的。一面歸坐。鳳姐吃畢飯。就有寧國府中的一個媳婦來領牌。為支取香燭事。鳳姐笑道。我算着你們今兒該來支取。總不見來。想是忘了。這會子倒底來取。若要忘了。自然是你們包出來。倒便宜了我。那媳婦笑道。何嘗不是忘了。方纔想起來。再遲一步兒也領不成了。說畢而去。一時登記交牌。秦鍾因笑道你們兩府裡都是這牌。倘或別人也私弄一個。支了銀子跑了怎樣。鳳姐笑道依你說都没王法了。寶玉因道。怎庅咱們家没人来領牌子作東西。鳳姐道人家来領的時候。你還作夢呢。我且問你。、們那夜書多早晚才念呢。寶玉道巴不得這如今就念才好。他們只是不快收拾出書房。這也無法。鳳姐笑道你請我一請。管保就快了。寶玉道你要快也不中用。他們赶談你到那裡的時候。自然就有了。鳳姐笑道便是他們作。也得要東西。擱不住我不發給對牌是難的。寶玉听說。便向鳳姐身上要對牌。說好姐、給出牌子来。叫他們要東西去。鳳姐道我乏的身上生疼。還擱的住你揉

搓。你放心罷。令兒纔領了紙裱糊去了。他們該要的。還等呌去
呢。可不傻了。寶玉不信。鳳姐便呌彩明査册子與寶玉看了。正
閙着。人回蘇州去的人照兒回来了。鳳姐急命喚進来。照兒打
千兒請安。鳳姐便問回来作什庅。照兒道二爺打發回来的。林
姑老爺是九月初三巳時沒的。二爺代帯了林姑娘同送林姑老
爺的靈到蘇州去。大約赶年底就回来了。二爺打發小的来報
個信請安。討老太、的示下。還瞧、奶、家裡好庅。呌把大毛
衣服代帯幾件去。鳳姐道你見過了別人了沒有。照兒道都見過

九

了○說畢又回身給寶玉請安○寶玉便立身問二哥、身上好庅○你辛苦了○你拿了衣服回去的時候○見了二哥替我請安○林姑娘前亦替我問好○照兒連應畢退出○鳳姐向寶玉笑道你林妹妹可在咱們家住長了○寶玉道了不得○想来這幾日他不知哭的怎樣呢○說着蹙眉長嘆○鳳姐見照兒回来○因當着人未及細問賈璉○心中自是記掛○待要回去○怎奈事情繁雜○一時去了○恐有延遲失悞○惹人笑話○少不得耐到晚上回来○復令照兒進来細問一路平安信息○連夜打點大毛衣服○和平兒親自檢點了件數包裹○再細、追想所用何物○一併包藏○交付照兒○又細、分付照兒在外○好生小心伏侍○不要惹你二爺生氣○時、勸他少吃酒○別勾引他走混賬道兒○你若不听○你回来打折你的腿等語○赶亂完了○天已四更將盡○縱睡下又走了困○不覺又是天明雞唱○忙梳洗了過寧國府中来○那賈珍因見發引日近○親自坐車代〔帶〕了陰陽司吏○往鉄檻寺来查看安靈所在○又一一囑付住持色空○好生預備新鮮陳設○多請名僧○以備接靈使用○色空忙看晚齋○賈珍也無心茶飯○因天晚不得進城○就在淨空房中

十

胡亂歇了一夜。次日一早便進城來。料理出殯之事。一面又派
先往鉄檻寺連夜另外修飾停靈之處。並廚茶（房）等項。接靈人口。
裡面鳳姐見日期在即。也預先逐細分派料理。一面又派榮府
中車輌人從。跟王夫人送殯。又頋自己送殯。預令人去佔下處。
目令又值繕國公誥命亡故。王邢二夫人去打祭送殯。西安郡
王妃的華誕送壽禮。鎮國公誥命生了長男。預備賀禮。又有胞
兄王仁連家眷回南。一面寫家信稟叩父母。並代（帶）往之物。又有
迎春染病。每日請醫服藥。看大夫啓帖症源脈案等事。亦言難

盡。逑又兼發引在迩。因此忙的鳳姐茶飯也無工夫吃得。坐卧不得清淨。剛到了寧府。榮府的人又跟到寧府。既回至榮府。寧府的人又找到榮府。鳳姐見如此。心中却十分歡喜。並不偷安推托。恐落人褒貶。因此日夜不暇。籌畫得十分整齊。于是合族上下無不稱嘆者。這夜伴宿之夕。裡面兩班小戲。並耍百戲的。與親朋堂客伴宿的看。尤氏猶卧于内室。一應張羅款待。都是鳳姐一人周全承應。合族中雖有許多妯娌。但或有羞口的。或有羞脚的。或有不慣見人的。或有懼貴怯官的。種、之類。俱不

十一

如鳳姐舉止舒徐。言語慨慷。珍貴寬大。因此也不把衆人放在眼裡。揮霍指示。任其所為。目若無人。一夜中燈明火彩。客送官迎。那般熱鬧。自不必説。至天明吉時已到。一班六十四名青衣請靈。前面銘旌上。大書奉天洪建兆年不易之朝。誥封一等寧國公冢孫媳婦。防護内庭紫禁道。御前侍值龍禁尉。亨強壽賈門秦氏恭人之靈位。一應執事陳設。皆係現趕着新作出來的。一色光艷奪目。寶珠自行未嫁女之禮。外摔喪駕靈。十分哀苦。那時官客送殯的。有鎮國公牛清之孫。現襲一等伯牛繼宗。理

國公柳彪之孫。現襲一等子柳芳。齊國公陳翼之孫。世襲三品
威鎮將軍陳瑞文。治國公馬魁之孫。世襲威遠將軍馬成。修國
公侯曉明之孫。世襲一等子侯孝康。繕國公誥命亡故。其孫石
光珠守孝不曾来得。這六家與寧榮二家。當日所稱八公的便
是。餘者更有南安郡王之孫。西寧郡王之孫。忠靖侯史鼎。平原
侯之孫。世襲二等男蔣子寧。定城侯之孫。世襲二等男兼京營
游擊謝鯨。襄陽侯之孫。世襲二等男戚建輝。景田侯之孫。五城
兵馬司裘良。餘錦鄉侯公子韓琦。神威將軍公子馮子英。陳也

十二

俊衛若蘭等。諸王孫公子。不可勝數。堂客算来亦有十来頂大轎。三四十頂小轎。連家下大小轎。並車輛。不下百餘十乘。連前面各色執事。陳設百耍。浩、蕩、一帶〔帯〕擺三四里遠。走不多時。路傍彩棚高搭。設席張筵。和音奏樂。俱是各家路祭。第一座是東平王府的。第二座是南安郡王的。第三座是西寧郡王的。第四座便是北静郡王的。原来這四王當日惟北静王功高。及今子孫猶襲王爵。現今北静王水溶。年未弱冠。生得形容秀美。情性謙和。近聞寧國公孫媳告殂。因想當日祖父彼此相與之情。

同難同榮。未可以異姓相視。因此不以王位自居。上日也曾探
喪上祭。如今又設路祭。命麾下各官在此伺候。自己五更入朝。
公事已畢。便換了素服坐大轎。鳴鑼張傘而来。至棚前落轎。手
下各官兩傍擁侍。軍民人衆不得往還。一時只見寧府大殯壓
地銀山一般。從北而至。早有寧國府開路傳事人看見。連忙回
去報與賈珍。賈珍急命前面駐扎。自同賈赦賈政三人連忙迎
来。以國禮相見。水溶在轎内欠身含笑答禮。仍以世交稱呼。並
不妄自尊大。賈珍道犬婦之喪。累蒙王駕下臨。廕生輩何以克

當。水溶笑道世誼之交。何出此言。遂回頭命長府官主祭代奠。賈赦等一傍還禮畢。復身又来謝恩。水溶十分謙遜。因問賈政道。那一位是啣玉誕者。幾次要見一見。都為雜冗所阻。想今日是来的。何不請来一會。賈政听説。忙、回去急命寶玉脱了孝服。領他前来。那寶玉素日就曾听得父兄親友等説閑話時。讃水溶是個賢王。且生得才貌双全。風流瀟洒。每不以官俗國體所縛。每思相見。只是父親拘束嚴密。無由得會。令見反来叫他。自是喜歡。一面走。一面早看見那水溶坐在轎内。好個儀表人才。不知近看時。又是怎樣。且聽下回分解。

紅樓夢第十五回

王鳳姐弄權鉄檻寺　秦鯨卿得趣饅頭庵

話說寶玉擧目見北静郡王水溶。頭上帶着潔白簪纓銀翅王帽。穿着江牙海水五爪坐龍蟒袍。繫着碧玉紅鞓帶。面如美玉。目似明星。真好秀麗人物。寶玉忙搶上来叅見。水溶連忙從轎内伸出手来挽住。見寶玉帶着束髮銀冠。勒着双龍出海抹額。穿着白蟒箭袖。圍着攢珠銀帶。面若春花。目如點漆。水溶笑道名不虛傳。果然如寶似玉。因問啣的那寶貝在那裡。寶玉見問。

一

連忙從衣内取了出来○遞將過去○水溶細、的看了○又念了上
邉的字○因問驗否○賈政忙道雖如此説○只是未曾試過○水溶一
面極口稱奇道異○一面理好了彩縧○親自與寶玉帯上○又携手
問道幾歳了○讀何書○寶玉一一的答應○水溶見他言語清楚○談
吐有致○一面又向賈政笑道○令郎真乃龍駒鳳雛○非小王在世
翁前唐突○將来雛鳳清于老鳳聲○未可謜（量）也○賈政忙陪笑道○犬
子豈敢謬承金獎○頼藩郡餘廕○果如是言○亦廕生輩之幸矣○水
溶又道只是一件○令郎如是質致○老太、及尊夫人輩○自然鍾

愛極矣。但吾輩後生。甚不宜鍾溺。鍾溺則未免荒失學業。昔小王曾蹈此轍。想令郎未必不如是也。若令郎在家難以用攻（功）。不妨常到寒第。小王雖不才。卻蒙海內衆名士凡至都者。未有不另垂青眼。因是以寒第高人頗聚。令郎常去談會談會。則學問可不日進矣。賈政忙躬身答應。水溶又將腕上一串念珠卸了下來。遞與寶玉道。今日初會。倉促間竟無敬賀之物。此係前日聖上恩賜鶺鴒香念珠一串。權為賀敬之禮。寶玉連忙双手接來。叩首謝賞。回身奉與賈政。賈政亦道謝畢。並請回輿。水溶道

二

逝者已登仙界○非碌、你我塵寰中之人也○小王雖上叨天恩○
虚邀郡襲○豈可越仙輀而進也○賈赦等見執意不從○只得告辭
謝恩○回来命手下掩樂停音○滔、然將殯過完○方請水溶回輿
去了○不在話下○且說寧府送殯○一路熱鬧非常○剛至城門前○又
有賈赦賈政賈珍等諸同僚屬下各家祭棚接祭○一一謝過○然
後出城○竟奔鐵檻寺大路行来○彼時賈珍同賈蓉来到諸長輩
前讓坐轎上馬○因而賈赦一輩的各自上了車轎○賈珍一輩的
也將要上馬○鳳姐兒因記掛着寶玉○怕他在郊外縱性逞強○不

服家人的話。惟恐有了閃失。難見賈母。因此便命小厮来喚他。寶玉只得来到他車傍。鳳姐笑道好兄弟。你是個尊貴人。女孩兒一樣的人品。别學他們猴在馬上。下来。咱們姐兒兩個坐車。豈不好庅。寶玉听説便忙下了馬。爬入車上。二人説笑前進。不一時只見從那邊兩匹馬壓地跑来。離鳳姐車不遠。一齊跳下来扶車回話。這裡有下處。奶、請歇、更衣。鳳姐急命請邢夫人王夫人的示下。那人回説太、們説不用歇了。吽奶、自便罷。鳳姐听了便命歇、再走。小厮們听了一代〔蔕〕韈馬。岔出人群。

三

往北而去。寶玉在車内急命請秦相公。那時秦鐘正騎馬隨他父親的轎。忽見寶玉的小廝跑來請他去打尖。秦鐘看時只見鳳姐的車往北而去。後面拉着寶玉的馬。搭着鞍籠。便知寶玉同鳳姐坐車。自己也便帶馬赶上來。同入一庄。門内早有家人把衆庄漢攆盡。那庄村人家。無多房舍。婆媳們無處迴避。只得由他們去了。那些村姑庄婦。見了鳳姐寶玉秦鐘的人品衣服。禮數款段。豈有不愛看的。一時鳳姐進入茅堂。因命寶玉等先出去頑〻。寶玉等會意。因同秦鐘出來。帶着小廝們各處遊玩。

凡庄農動用皆不曽見過寶玉一見了鍬钁鉏犁等物皆以為
奇不知何項可使其名為何小厮在傍一一的告訴了名色説
明原故寶玉听了因點頭嘆道怪道古人詩云説誰知盤中飧
粒、皆辛苦正為(謂)此也一面説又至一間房中只見炕上有個
紡車寶玉又問小厮這又是什庅小厮又告訴他原委寶玉听
説便上来擰轉作耍自為有趣只見一個約有十七八歲的村
庄了(丫)頭跑了来亂嚷别動壞了衆小厮忙斷喝攔阻寶玉忙丢
開了手陪笑説道我因為没有見過這個所以試他一試那丫

四

頭道你們那裡會弄這個。跕開了我紡與你瞧。秦鐘暗拉寶玉
笑道。此卿大有意趣。寶玉一把推開笑道。該死的再胡説。我就
打了。説着只見那丫頭紡起線来。寶玉正要説話時。只見那邊
老婆子叫道二丫頭快過来。那丫頭听叫。忙丢了紡車一徑去
了。寶玉悵然無趣。只見鳳姐打發人来叫他兩個進去。鳳姐洗
了手。換衣服。抖灰土。問他換不換。寶玉説不換。只得罷了。家下
僕婦們將帶着行走路的茶壺茶杯。十錦屜盒。各樣小食端来。
鳳姐等吃過茶。待他們收拾完備。便起身上車。外面旺兒預備

下賞封。賞了房主人。其庄婦來叩賞。鳳姐並不在意。寶玉却留心看時。内中並無紡線的二丫頭。一時上了車出來。走不遠。只見迎面那丫頭懷裡抱着他小兄弟。同着幾個小女孩子説笑而來。寶玉恨不得下了車跟他去。料是衆人不依的。少不得以目相送。爭奈車輕馬快。一時展眼無踪。走不多時。仍又跟上了殯。早又見前面法鼓鐃鈸。幢幡寶蓋。鉄檻寺接靈衆僧齊至。少時到入寺中。另演佛事。重設香壇。安靈于内殿偏室之中。將寶珠安于裡寢室相伴。外面賈珍款待一應親友。也有擾飯的。也

五

有不吃飯而去的。一應謝過乏。便公侯伯子男。一起一起的都
散去。至未末時分。方散盡了。裡面的堂客。皆是鳳姐張羅接待。
先從顯官誥命散起。也到晌午大錯。方散盡了。只有幾個親戚。
是至近的。等作過三日安靈道塲方去。那時邢王二夫人知鳳
姐必不能回家。也便要進城。王夫人要帶寶玉去。寶玉乍到這
郊外。那裡肯回去。只要跟鳳姐住着。王夫人無法。只得交與鳳
姐。便回去了。原来這鉄檻寺。原是寧榮二公當日修造。現今還
是有香火地畝。以便京中老了人口。在此便宜寄放。其中陰陽

兩宅。俱已預備安妥。好為送靈人口寄居。不想如今後輩人口繁盛。內中貧富不一。或性情參商。有那家業艱難安分的。便住在這裡了。有那上排場有錢勢的。只說這裡不方便。一定另外或村庄。或尼庵。尋個下處。為事畢安退之所。今即秦氏之喪。族中諸人。此日權在鉄檻寺下榻。獨有鳳姐嫌不方便。因而早遣人来和饅頭庵的姑子淨虛說了。騰出兩間房子来作下處。原来這饅頭庵就是水月寺。因他庵內作的饅頭好。就起了這渾號。離鉄檻寺不遠。當下和尚攻[功]課已完。奠過了茶飯。賈珍便命

六

賈蓉請鳳姐歇息。鳳姐見還有幾個妯娌陪着女親。自便辭了
衆人。帶了寶玉秦鐘。往水月寺来。原来秦業年邁多病。不能在
此。只命秦鐘等待安靈。那秦鐘便只跟着鳳姐寶玉。一時到了
寺中。淨虛帶智善智能兩個徒弟出来迎接。大家見過。鳳姐等
来到房中。更衣淨手畢。因見智能越發長高了。模樣皃越發出
息了。因問道你們師徒。怎庅這些日子也不往我們那裡去。淨
虛道可是這幾天都没工夫。因胡老爺府裡産了公子。太、送
了十兩銀子来。叫這裡請幾位師父念三日血盆經。忙的没個

工夫去請奶、的安去。不言老尼陪鳳姐説話。且説秦鍾寶玉二人正在殿上頑耍。因見智能過来。寶玉笑道能兒来了。秦鍾道理那東西作什庅。寶玉笑道你别弄鬼。那一日在老太、屋裡。一個人没有。摟着他作什庅。這會子還哄我。秦鍾笑道這可是没有的話。寶玉笑道有没有。也不管你。只叫他倒茶来我吃。就丢開手。秦鍾笑道這又奇了。你叫他去倒。還怕他不倒。何必又要我説呢。寶玉道我叫他倒的茶。是無情意的。不及你叫他倒的有情意的。秦鍾只得説道能兒倒碗茶来給我。那智能

七

自幼在榮府走動。無人不識。因常與寶玉秦鐘頑耍。他如今大
了。漸知風月。看上了秦鐘人物風流。那秦鐘也極愛他妍媚。二
人雖未上手。却已情投意合了。今智能見了秦鐘。心眼俱開。忙
走去倒了茶来。秦鐘笑説給我。寶玉説給我。智能抿嘴笑道。一
碗茶彼此来爭。我難道手裡有蜜。寶玉先搶得了吃着。方要問
話。只見智善来叫智能去擺茶碟子。一時来請他兩個去吃茶
果點心。他兩個那裡要吃這些東西。坐、仍出来頑笑。鳳姐也
畧坐片時。便回至淨室歇息。老尼相送。此時衆婆娘媳婦見無

事。都陸續散了。自去歇息。跟前不過幾個心腹常侍小婢。老尼便乘机説道。我正有一事要到府裡求太、。令先請奶、一個示下。鳳姐因問何事。老尼道。我阿弥陀佛。只因當日我曾在長安善才庵内出家的時節。那時有個施主姓張。是個大財主。他有個女兒小名金哥。那年都往我廟裡来進香。不想偶見了長安府、太爺的小舅子李衙内。那李衙内看上了金哥。一心要娶。打發人来求親。不想金哥已受了原任長安守備的公子的聘定。張家意欲退親。又怕守備不依。因此説己有了人家了。誰知

八

李衙内執意不依。定要娶他女兒。張家正無計策。兩處為難。不想守備家听了此信。也不管青紅皂白。便来作踐辱罵張家。説一個女兒許幾家。偏不許退定禮。就打官司告狀起来。那張家急了。只得使人上京尋門路。賭氣偏要退定禮。我想如今長安節度雲老爺與府上最契。可以求太、與老爺説、。打發一封書去。求那雲老爺轉和那守備説一聲。不怕那守備不依。若是肯行。張家連傾家孝敬也都情願。鳳姐听了笑道這事倒不大。只是太、再不管這樣的事。老尼道太、不管。奶、也可以主張了。鳳姐笑道我也不等銀子使。也不作這樣事。淨虛听了打去妄想。半晌嘆道雖然如此。張家已知我来求府裡的。如今不管這事。張家不知道沒工夫管這事。不希罕他的謝敬。倒像咱們府裡連這點子手段也沒有的一般。鳳姐听了這話。便發了興頭。說道你是素日知道我的。從来不信什庅陰騭。地獄報應的話。憑你什庅事。我說要行就行。你叫他拿三千銀子来。我就替他出這口氣。老尼听說。喜不自禁。忙說有、。這個不難。鳳姐又道我比不得他們拉篷扯縴的圖銀子。這三千銀子。不過是給他打發説話去的小廝作盤纏○便使他揀幾個辛苦錢○我一個也不要他的○就是二三萬兩○我此刻也還拿得出來○老尼連忙笑道○奶、家中的過活○豈是希罕這幾兩銀子的呢○也是我求之再三○因賞我臉○才肯辦罷咧○又説道既如此○奶、明日何不就開恩也罷了○鳳姐道你瞧、○我忙的那一處是少了我○我既應了你○自然是快、的了結的○你只管放心○忙什庅呢○老尼道這點子事○在别人跟前就忙的不知怎樣○若是奶、跟前○再添上些○也不勾奶、一發揮的○只是俗語説的好○能者多勞○

太、因大小事見奶、辦的有條有理○如今事、索性都推給奶、一人身上了○雖然事情談料理○奶、也要保重貴體才是○聞說蓉大奶、這件事○四五十日上、下、○裡、外、○都是你老人家一個人辛、苦、張羅的○誰不知道○誰不誇奨○有本事呢○這一路奉承的鳳姐越發受用○也不頋勞乏○更攀談起来○誰想秦鐘趂黑無人○来尋智能○剛至後面房中○只見智能獨在房中洗茶碗○秦鐘道跑来便摟着親嘴○智能急得跺脚○說這算什庅呢○再這庅○我就叫喚了○秦鐘求道好人○我已急死了○你今日

十

再不依我。就死在這裡。智能道你想怎広樣広。除非我出了這牢坑。離了這些人才依你。秦鐘道這也容易。只是遠水救不得近渴。說着一口吹了燈。滿屋漆黑。將智能抱到炕上。就雲雨起来。那智能百般掙挫不起。又不好叫喚的。少不得依他了。正在得趣之時。只覺一人進来。將他二人按住。也不則聲。二人不知是誰。唬的不敢哼一哼。只听那人嗤的一聲。掌不住笑了。二人听聲方知是寶玉。秦鐘連忙起来抱怨道。這算什広呢。寶玉笑道你倒不依了。咱們就叫喊。羞的智能趁黑影裡跑了。寶玉拉

了秦鐘出来。道你可還敢和我強嘴庅。秦鐘道好人。你只別嚷

的衆人知道了。你要怎樣。我都依你。寶玉笑道這會子也不必

說。等一回睡下。再細、的筭賬。一時寛衣安歇的時節。鳳姐在

裡間。秦鐘寶玉在外間。滿地下皆是家人婆子打鋪坐更。鳳姐

因怕寶玉帶的通靈玉失落。便等寶玉睡下。命人拿来塞在自

已枕下。寶玉不知與秦鐘筭何賬目。未見真切。不曾記得。此係

疑案。不敢纂創。一宿無話。至次日一早。便有賈母王夫人打發

了人来看寶玉。又囑咐多穿兩件衣服。郊外的風寒氣冷。無事

十一

寧可回家去罷。寶玉那裡肯回去。又有秦鍾戀着智能。挑唆寶玉求鳳姐再住一天。鳳姐想了一想。凡喪儀大事雖妥。還有一半點小事未曾安插。可以指此再住一日。豈不又在賈珍跟前送了滿情。二則又可以完淨虛的那事。三則順了寶玉的心。賈母听見豈不歡喜。因有三益。便向寶玉道我的事都完了。你要在這裡頑兒。少不得我越性辛苦一日罷了。明日可是定要走的了。寶玉听說千姐、。萬姐、的央求。只再住一日。明兒必回去的了。于是又住了一夜。鳳姐便命悄、將昨日老尼之事。說

與来旺。来旺心中俱已明白。急忙進城找着主文的相公。假托
賈璉所囑。修一封書。連夜往長安縣来不過百里路程。两日的
工夫俱已妥協。那節度使名喚雲光。久見賈府之情。這一點小
事。豈有不允之理。給了回書。旺兒回来。且不在話下。且說鳳姐
等又過了一日。次日方别了老尼。令他三日後往府裡去討信。
那秦鍾與智能百般不忍分離。背地裡多少幽期密約。不用細
述。只得含恨而别。鳳姐又到鉄檻寺中。秦氏靈前痛哭一塲。然
後衆人都回家。另有家中許多事情。下回分解。

十二

但不知宝玉在馒头庵与秦钟那
日晚间算何账目其好了
明白也然亦难免风月行藏
大闹小吵笑写一天云玉

紅樓夢第十六回

賈元春才選鳳藻宮　　秦鯨卿夭逝黄泉路

話説寶玉見收拾了外書房約定與秦鐘讀夜書偏那秦鐘秉性最弱因在郊外受了些風霜又與智能兒偷期綣綣未免失於調養回来時便咳嗽傷風懶進飲食大有不勝之態遂不敢出門只在家中養息寶玉便掃了興頭只得付之無可奈何且自候靜養待大愈時再約那鳳姐已得了雲光的回信俱已妥協老尼達知張家果然那守備忍氣吞聲的收了原聘之物誰

知那張家的父母如此愛勢貪財。却養了一個知義多情的女兒。聞得父母退了前夫。他便一條麻繩。悄、的自縊了。那守備之子聞得金哥自縊。他也是個極多情的。遂也投河而死。不負妻義。張李兩家没趣。真是人財兩空。這裡鳳姐坐享了三千兩。王夫人等連一點消息也不知道。自此鳳姐胆識愈壯。有了這樣的事。便恣意作為起来。也不消多記。一日正是賈政的生辰。寧榮兩處人丁都集。慶賀熱鬧非常。忽有門吏忙、進来。至席前報說有六宮都太監夏老爺来降旨。唬的賈政賈赦一干人不知是何消息。忙令止了戲文。撤去酒席。擺香案。啓中門。跪接。
早見六宮都太監夏守忠乘馬而至。前後左右又有許多內監
跟從。那夏守忠也並不曾負詔捧勅。至簷下馬。滿面笑容。走。至
廳上南面而立。口內説特旨立刻宣賈政入朝。在臨敬殿陛見。
説畢也不及吃茶。便乘馬去了。賈赦等不知是何兆頭。只得急
忙便更衣入朝。賈母等合家人等心中皆惶恐不定。不住的使
飛馬来回報信。有約計兩個時辰工夫。忽見賴大等三四個管
家。喘吁、跑至儀門報喜。又説奉老爺之命。速請老太、帶領

二

夫人等進朝謝恩等語。那時賈母正心神不定。在大堂廊下佇立。邢夫人王夫人尤氏李紈鳳姐迎春姊妹以及薛姨媽等。皆在一處。听如此說。賈母便命人喚進賴大来。細問端的。賴大稟道小的們只在臨敬門外伺候。裡頭的信息一槩不知。後還是夏太監出来說道咱們家大小姐晉封為鳳藻宮尚書。加封賢德妃。後来老爺出来亦如此吩咐小的。如今老爺又往東宮去了。速請老太、領着太、們去謝恩。賈母等听了方心神安定。不免都洋、喜氣盈腮。于是按品大粧起来。賈母帶領邢夫人王夫人尤氏一共四乘大轎入朝。賈赦賈珍亦換了朝服。帶領賈蓉賈薔。奉侍賈母大轎前往。于是寧榮二處。上下内外。莫不欣然踴躍。個、面上皆有得意之狀。言笑鼎沸不絕。誰知近日饅頭庵的智能私遊進城。找至秦鐘家下看視秦鐘。不意被秦業知覺。將智能逐出。將秦鐘打了一頓。自己氣的老病發作。三五日光景。嗚呼死了。秦鐘本自虛弱。又帶病未愈。受了笞杖。今日老父氣死。此時悔痛無及。更又添了許多的症候。因此寶玉心中悵然如有所失。如何是好。雖聞得元春晉封之事。亦未解

三

得愁悶。賈母如何謝恩。如何回家。親朋如何来慶賀。寧榮二處
近日如何熱鬧。衆人如何得意。獨他一個皆視為無。毫不介意。
因此衆人嘲他越發傻了。且喜賈璉與黛玉回来。先遣人報信。
明日就可到家。寶玉听了方才有些喜意。細問原由。方知賈雨
村亦進京陛見。皆由王子騰累上保本。此来候補京缺。與賈璉
是同宗兄弟。又與黛玉有師徒之誼。故同路作伴而来。林如海
已葬入祖墳了。諸事停妥。賈璉才進京的。本該出月到家。因聞
元春喜信。遂晝夜兼程而進。一路俱平安。寶玉只聞得黛玉平

安二字。餘者也就不在意了。好容易盼至明日午錯。果報璉二爺合林姑娘進府了。見面時彼此悲喜交接。未免又大哭一陣。後又致喜慶之詞。寶玉心中品度黛玉。越出落的超逸了。黛玉又帶了許多書籍来。忙着打掃卧室。安插器具。又將紙筆等物。分送寶釵迎春寶玉等人。寶玉又將北靜王所贈鶺鴒香串。珍重取出来轉贈代玉。代玉説什庅臭男人拏過的我不要他。遂擲而不受。寶玉只得收回。暫且無話。且説賈璉自回家条見過衆人。回至房中。正值鳳姐近日多事之時。無片刻閒暇之工。見

四

賈璉自遠歸来。少不得撥冗接待。房内無人。便笑道國舅老爺大喜。國舅老爺一路風塵辛苦。小的听見昨日的頭起報馬来報說。今日大駕歸府。畧備了一杯水酒撢塵。不知可賜光否。賈璉笑道豈敢豈敢。多承多承。一面平兒與丫嬛叅見畢。獻茶。賈璉遂問别後家中的諸事。又謝鳳姐的操持勞碌。鳳姐道我那裡照管的這些事。見識又淺。口角又悴笨。心腸又直率。人家給個棒槌。我就作針。臉又軟。擱不住人給两句好話。心裡就慈悲了。况且又没經過大事。胆子又小。太〻畧有些不自在。我就唬的連覺也睡不着。我辭了幾回。太、又不允。倒反說我圖受用。不肯習學了。殊不知我捻着一把汗兒。一句也不敢多說。一步也不敢多走。你是知道的。咱們家所有的這些管家奶、們。那一位是好纏的。錯一點他們就笑話打趣。嚴一點兒他們就指桑說槐的報怨。坐山看虎鬪。借劍殺人。引風吹火。站乾旱(岸)兒。推倒油瓶不扶。都是全掛子武藝。況且我年紀輕(青)。頭等不壓衆。怨不得不放在眼裡。更可巧那府裡忽然蓉兒媳婦沒了。珍大哥再三再四的在太、跟前跪着討情。只要求我幫他幾日。我是再

五

四推辭○太、斷不依○只得從命○依舊被我鬧了個馬仰人翻○更
不成個體統○至今珍大哥、還報怨後悔呢○你這一来了○明日
見了他○好歹搊補搊補○就說我年紀小○原没有見過世識面○誰叫
大爺錯委他○正說着外間有人說話○鳳姐便問是誰○平兒進来
回道姨太、打發香菱妹子来問我一句話○我已經說了○打發
他回去了○賈璉笑道正是呢○方才我見姨娘去○不防會着個年
輕(情)的小媳婦子○撞了個對面○生的好齊整模樣○我疑惑咱們家
裡無此人○說話時因問姨媽○誰知就是上京来買的那丫頭名

呌香菱的。竟是與薛大獃子作了屋裡人。開了臉。越發出挑(條)的標致了。那薛大獃子真玷辱了他。鳳姐道往蘇杭去了一盪回来。也不見些世面了。還是這樣眼饞肚飽的。你要爱他。不值什広。我去拏平兒換了他来如何。那薛老大也是吃着碗裡的。看着鍋裡的。這一年来的光景。他為要香菱不能到手。和姨媽不知打了多少飢荒。也因姨媽看着香菱模樣好還是末節。其為人行事。却比别的女孩兒不同。温柔安静。差不多主子姑娘也跟他不上呢。故此擺酒請客的費事。明堂正道的與他作偏房

六

了。過了沒半月。也看的馬棚一般了。我倒心裡可惜了的。一語未了。二門上小廝傳報老爺在大書房等二爺呢。賈璉聽了。忙忙整衣出去。這裡鳳姐乃問平兒。方才姨媽有什么話。巴、的打發了香菱來。平兒笑道那裡來的香菱。是我借他暫撒了個謊。奶、說。、旺兒嫂子越發連個成算也沒了。說着又走到鳳姐身邊悄、說道。奶、那利錢銀子。遲不送來。早不送來。這會子二爺在家。他且送這個来了。幸虧我在堂屋裡撞見。不然他走了来回奶、。二爺倘或問奶、是什么利錢。奶、自然不肯

瞞二爺的少不得照實告訴二爺我們二爺那脾氣油鍋裡錢
還要找出来聽見奶、有了這個梯己他還不放心的花了呢
所以我赶着接了過来待我説了他兩句誰知奶、偏聽見了
問我、就撒謊説香菱来了鳳姐笑道我説呢姨媽知道二爺
来了忽剌巴的反打發個屋裡人来了原来是你這蹄子肏鬼
説話時賈璉已進来鳳姐便命擺上酒餚来夫妻對坐鳳姐雖
善飲却不敢任性只陪侍着賈璉一時賈璉的乳母趙嬤、走
来賈璉鳳姐忙讓吃酒令其上坑去趙嬤、執意不肯平兒在

七

坑沿下設下一機。又有一小腳踏。趙媽、在腳踏上坐了。賈璉在桌上揀兩盤餚饌與他放在機子上自吃。鳳姐又道媽、狠嚼不動那個。沒的砑了他的牙。因向平兒道早起我說那一碗火腿燉的狠爛。正好給媽、吃。你怎樣不拏了去熱了来。又道媽、你嚐、你兒子帶了来的好惠泉酒。趙媽、道我喝呢。奶奶喝一鍾怕什麼。只不要過多了就是了。我這會子跑了来。倒也不為酒飯。倒有一件正經事。奶、好歹記在心裡。疼顧我些罷。我們這爺只是口裡說的好聽。到了跟前就忘了我們。幸虧我你從小兒奶了你這庅大。我也老了。有的是兩個兒子。你就另眼照看他們些。別人也不敢呲牙兒的。我還再四的求了你幾遍。你答應的倒好。到如今還是燥屎。這如今又從天上跑出這樣大喜事來。那裡用不着人呢。所以倒是合奶、說是正經。靠着我們爺只怕還要餓死了呢。鳳姐笑道媽、你放心。兩個奶哥、。都交給我。你從小兒奶的兒子。你還有什庅不知。他的脾氣。拏着皮肉倒往那不相干的人身上貼。可是現放着奶哥、。那一個不比人強。你疼顧照看他們。誰敢說個不字兒。沒的白

八

便宜了外人。我這話也錯說了。我們看着是外人。你却看着是內人一樣呢。說的滿屋裡人都笑了。趙媽、也笑個不住。又念佛道。可是屋子裡跑出青天来了。若說內人外人。這些混賬緣故。我們爺是沒有。不過是臉軟心慈。擱不住人求兩句罷了。鳳姐笑道可不是呢。有內人的緫慈軟呢。他在咱們娘兒們的跟前。緫是剛硬呢。趙媽、說道奶、說的太絕情了。我也樂了。再吃一杯好酒。從此我們奶、作了主。我就沒的愁了。賈璉此時沒好意思的。只是訕笑吃酒。說胡說二字。快盛飯来。吃完了還

要往珍大哥那邊去商量事呢○鳳姐道可是別悮了正經事○總
剛老爺呌你説什庅○賈璉道就為省親事○鳳姐説竟准了不成○
賈璉笑道雖沒十分准○也有一二分准了○鳳姐道可見當今隆
恩○歴来看戲○古時從来未有的○趙媽、又接口道可是呢○我也
老糊塗了○我聽見上、下、吵嚷了這些日子○什庅省親不省
親○我也不理論他去○如今又説省親○倒底是怎庅個緣故○賈璉
道如今當今體貼萬人之心○世上至大莫如孝字○想来父母女
兒之情○皆是一理○不是貴賤分别的○當今自為日夜侍奉太上

九

皇皇太后。尚不能畧盡孝意。因見宮裡嬪妃才人等。皆是入宮
多年。拋離父母形容。豈有不思想之理。在兒女思想父母。是分
所應當。想父母在家。若白（只）曾思念兒女。竟不能一見。倘因此成
疾致病。甚至死亡。皆由朕躬禁固。不能使其遂天倫之願。亦大
傷天和之事。故啟奏上皇太后。每月逢二六日期。准其椒房眷
屬入宮請候看視。太上皇太后大喜。深讚當今至孝純仁。體天
格物。因此二位老聖人。又下旨意。說椒房眷屬入宮。未免國體
儀制。母女尚不愜懷。竟大開天地之恩。特降旨請椒房貴戚。除

二六日入宮之恩。外。凡有重宇別院之家。可以駐蹕關防之處。
不妨啟請內廷鑾輿。入其私第。庶可畧盡骨肉之情。天倫中之
性（至）。此旨一下。誰不踴躍感戴。令周貴人的父親。已在家裡動了
工了。修葢省親別院呢。又有吳貴人的父親吳天佑家。也往城
外踏看地方去了。這豈不有八九分了。趙嬤、道阿弥陀佛。原
来如此。這樣說。咱們家也要預備接咱們大小姐了。賈璉道這
何用說呢。不然這會子忙的是什庅。鳳姐笑道若果如此。我也
可以見過大世面了。可恨我小幾歲年紀。若早生二三年。如今

十

這些老人家。也不薄我沒見世面了。說起當年太祖皇帝訪舜巡的故事。比一部書還熱鬧。我偏沒造化赶上。趙媽媽、道噯喲喲。那可是千載希逢的。那時候我才記事兒。咱們賈府正在姑蘇揚州一帶監造海船。修理海塘。只預備接駕一次。把銀子都花的淌海水似的。說起来。鳳姐忙接道。我們王府也預備過一次。那時我爺、單管各國進貢朝賀的事。凡有外國人来。都是咱們家養活。粤閩滇浙所有的洋船貨物。都是我們家的。趙媽媽、道那是誰不知道的。如今還有個號兒說東海少了白玉床。龍王来請金陵王。這說的就是奶、府上了。還有現在江南甄家。噯喲、好勢沠。獨他接駕四次。若不是我們親眼看見。告訴誰。誰也不信。別講銀子成了泥土。凴是世上所有的。沒有不是堆山塞海的。罪過可惜四個字。竟顧不的了。鳳姐道我們大爺們也是這等說。豈有不信的。只納罕他家怎広就這広富貴呢。趙媽、道告訴奶、一句話。也不過拏着皇帝家的銀子往皇帝身上使罷了。誰家有這些銀子買這個虛熱鬧去。正說的熱鬧。王夫人又打發人来瞧鳳姐吃了飯不曾。鳳姐知有事等

十

他。忙、的吃了半碗飯。漱口要走。又有二門上小厮回東府蓉薔二位哥兒来了。賈璉纔漱口又在洗手。見他二人来了。便問什庅話快説。鳳姐且止步稍候。听他二人回些個什庅。賈蓉先回道我父親打發我来回叔、。老爺們已經議定了。從東邊一帶借着東府裡花園起。至北邊。一共丈量三里半大。可以蓋造省親别院了。已經傳人畫圖樣去了。明日就得。叔、纔回家未免勞乏。不用過我們那邊去了。有話明早再請過去面議。賈璉笑着忙説道多謝大爺體量我。就從命不過去了。正經是這個

主意緫省事。蓋的也容易。若採置别的地方去。那更費事。且倒
不成體統。你回去說這樣狠好。若老爺們再要改時。全仗大爺
諫阻。不可另尋地方。明日一早我給大爺請安去。再議細說。賈
蓉忙應了幾個是。賈薔又近前說下姑蘇劄[給]聘教習。採買女孩
子。置辦樂器行頭等事。大爺派了姪兒帶領着來旺管家兩個
兒子。還有單聘仁卜固修兩個清客相公。一仝前往。所以命我
來見叔叔。賈璉聽了。將賈薔打量了打量。笑道你能在這一行
麼。這個是[事]雖不甚大。裡頭大有藏掖的。賈薔笑道只好學習辦

十三

罷了。賈蓉在身後燈影下。悄拉鳳姐的衣襟。鳳姐會意。因笑道你也太抄〔操〕心。難道大爺比咱們還不會用人。偏你又怕他不在行了。誰都是在行的。孩子們已長的這広大了。没吃猪也見過猪跑。大爺派他去。也不過是坐督旗兒。難道認真叫他去講價錢會經紀去呢。依我說他就狠好。賈璉道自然是這樣。我並不是駁回。少不得替他籌算籌算。因問道這項銀子動那一處的。賈薔道纔也議在這裡。賴爺〔大〕。說竟不用從京裡帶下去。江南甄家還有收着我們五萬銀子。明日寫一封書信會票。我們帶

去先與三萬下剩二萬存着等置辦花燭彩燈各色簾櫳帳幔
的使費賈璉點頭道這個主意好鳳姐忙向賈薔道既這樣我
有兩個在行妥當人你就帶了他們辦這個便益了你呢賈薔忙
陪笑說正要合嬸嬸、討個人呢這可巧了因問名字鳳姐便問
趙嬤嬤、彼時趙嬤嬤、已聽獃了話平兒忙笑推他、纔醒悟過
來忙說一個叫趙天梁一個叫趙天棟鳳姐道可別忘了我可
幹我的去了說着便出去了賈蓉忙送出來悄悄的向鳳姐道
嬸嬸、要什麽東西吩咐開了賬給薔兄弟帶了去叫他按賬置

十三

辦了来。鳳姐笑道放你娘的屁。我這裡的東西還無處撂呢。希罕你們鬼、祟、的。說着一逕的去了。這裡賈薔也悄問賈璉要什庅東西。順便好帶来孝敬。賈璉笑道你別興頭。纔學着辦事。倒先學會了這把戲。我短了什庅。少不得寫信去告訴你。且不要論到這裡。說畢打發他二人去了。接着回事的人来。不止三四次。賈璉害乏。便傳于二門上。一應不許傳報。俱等明日料理。鳳姐至三更時分方下来安歇。一宿無話。次早賈璉起来。見過賈赦賈政。便往寧國府来。會同老管事人等。並幾個世友門下清客相公。審察兩府的地方。繕畫省親殿宇。一面叅度辦事人丁。自此後各行匠役齊集。金銀銅錫以及土木磚瓦之物。搬運移送不歇。先令匠人拆寧府會芳園墻垣樓閣。接入榮府東大院中。榮府所有下人一帶羣房。盡皆拆去。當日榮寧二府雖有一小巷界斷不通。然這小巷亦係私地。並非官道。故可以連屬。會芳園本是從北角墻下引来一股活水。今亦無煩再引。其山石樹木。雖不敷用。賈赦住的乃是榮府舊園。其中樹木山石。以及亭榭欄杆等物。皆挪就前来。如此兩處又甚近。湊来一處。省得許多財力。縱有不敷。所添有限。全虧一個胡老明公號山子野者。一、籌畫起造。賈政不慣于俗務。只凴賈赦賈珍賈璉賴大来昇林之孝吴新登詹光程日興等幾人。安揷擺布。凡堆山鑿池。起樓閣種花竹。一應點景等事。又有山子野者制度。下朝閒暇。不過各處看望看望。最要緊處。合賈赦商議商議便罷了。只在家高卧。有芥豆之事。賈珍等自去回明。或寫畧節。或有説話。便傳呼賈珍賴大等領命。賈蓉单管打造金銀器皿。賈薔已起身往姑蘇去了。賈珍賴大等。又點人丁開册籍。監工等事。一筆

不能寫到。不過是喧闐熱鬧而已。暫且無話。且說寶玉近因家
中有這等大事。賈政不来問他的書。心中是件暢（快）事。無奈秦鐘
之病日重一日。也着實懸掛。不能樂業。這日一早起来。纔梳洗
完畢。意欲回明賈母去望後（候）秦鐘。忽見茗烟在二門照壁前探
頭縮腦的。寶玉忙出来問他作什庅。茗烟道秦相公不中用了。
寶玉听說。諕了一跳。忙問道我昨日纔瞧了他来。還明、白、
的。怎庅今日就不中用了。茗烟道我也不知道。纔剛是他家的
老頭子来特告訴我的。寶玉听說忙轉身回明賈母。賈母吩咐

十五

好生派妥當人跟去那裡去望、秦鐘。盡一盡同窗之情就回来。不許多躭擱。寶玉听說忙、的更衣出来。車猶未備。急的滿廳亂轉。一時催促車到了。忙上了車。李貴茗烟等跟隨。来至秦鐘門首。悄無一人。遂蜂擁進至內室。唬的秦鐘兩個遠房的嬸母。並幾個弟兄。都藏之不及。此時秦鐘已發過兩三次昏了。移床易簀多時矣。寶玉一見便不覺失聲。李貴等忙勸道不可不可。秦相公乃是弱症。未免炕上挺。扛的骨頭不受用。所以暫挪下来鬆散些。哥兒如此。豈不添他的病症。寶玉听了方忍住。近前看見秦鐘面如白臘。合目呼吸于枕上。寶玉忙叫道鯨兄。寶玉来了。一連兩三聲。秦鐘不睬。寶玉又道寶玉来了。那秦鐘早已魂魄離身。只剩得一口悠、的餘氣在胸上。見許多鬼判持牌提索来捉他。那秦鐘魂魄那裡肯去。又記念着家中無人掌管家務。又記掛着父親還有留積下的三四千兩銀子。又記掛着智能兒尚無下落。因此百般求告鬼判。無奈這些鬼判都不肯狥私。反叱咤秦鐘道虧你還是讀書的人。豈不知俗語說的。閻王叫你三更死。誰敢留人到五更。我們陰司。上下都是鉄面

十六

無私的。不比你們陽間瞻情狥意。有許多関碍處。正鬧着。那秦
鐘魂魄听見寶玉来了四字。便忙又央求道列位神差。畧發慈
悲。讓我回去合這個好朋友説一句就来的。鬼道又是什庅好
朋友。秦鐘道不瞞列位説。就是榮國公的孫子小名寶玉的。那
判官听了。先就唬慌了。忙喝罵鬼使道。我説你們放了他
回去走、。你們斷不肯依我的話。如今只等他請出了運旺時
盛的人来纔罷。衆鬼見判官如此。也都忙了手脚。一回又報怨
道你老人家。先是那等雷霆電雹。原来見不得寶玉二字。依我

的見識他是陽我是陰怕他也無益此章無非笑趨勢之人陽間
豈能將勢壓（利）陰府庅然判官雖肯但衆鬼使不依這也没法秦
鐘不能醒轉了再講寶玉連叫数聲不應定睛細看只見他泪
如秋露氣若遊絲眼望上翻欲有所言已是口内説不出来了
但听見喉嚨内痰响若上若下忽把嘴張了一張便身歸那世
了寶玉見此光景又是害怕又是心疼傷感不覺放聲大哭了
一塲看着装裹完畢又到床前哭了一塲又等了一回此時天
色將晚了李貴茗烟再三催促回家寶玉無奈只得出来上車

十七

回去○不知後事如何○且听下回分解○

紅樓夢第十七回

大觀園試才題對額　榮國府奉旨賜歸寧

話說秦鍾既死○寶玉痛哭不已○李貴等好容易勸解半日方住○歸時猶是悽惻哀痛○賈母帮了幾十兩銀子外○又另備奠儀○寶玉去弔紙○七日後便送殯掩埋了○别無述記○只有寶玉日日思慕感悼○然亦無可如何了○又不知歷幾何時○這日賈珍等來回賈政○園内工程俱已告竣○大老爺已瞧過了○只等老爺瞧了○或有不妥之處○再行改造○好題匾額對聯的○賈政聽了○沉思一回○

說道這匾額對聯〇倒是一件難事〇論理該請貴妃賜題才是〇然
貴妃若不親覩其景〇大約亦必不肯妄擬〇若直待貴妃遊幸過
再請題〇偌大景致〇若干亭榭〇無一字標題〇也覺寥落無趣〇任有
花柳山水〇也斷不能生色〇衆清客在旁笑道〇老世翁所見極是〇
如今我們有個愚見〇各處匾額對聯〇斷不可少〇亦斷不可定名〇
如今且按其景致〇或兩字三字四字〇虛合其意〇擬了出來〇暫且
做燈匾聯懸了〇待貴妃遊幸時〇再請定名〇豈不兩全〇賈政等聽
了都道所見不差〇我們今日且看看去〇只管題了〇若妥當便用〇

不妥時。然後將雨村請来。令他再擬。衆人笑道老爺今日一擬
定佳。何必又待雨村。賈政笑道你們不知我自幼於花鳥山水
題詠上就平平。如今上了年紀。且案牘勞煩。于這怡情悅性文
章上更生踈了。縱擬了出来。不免迂腐古板。反不能使花柳園
亭生色。似不妥協。反没意思。衆清客笑道這也無妨。我們大家
看了公擬。各舉其長。優則存之。劣則删之。未為不可。賈政道此
論極是。且喜今日天氣和暖。大家去逛逛。說着起身引衆人前
往。賈珍先去園中知會衆人。可巧近日寶玉因思念秦鍾。憂感

二

不盡。賈母常命人帶他到新園中来戲耍。此時亦正進去。忽見賈珍走来向他笑道。你還不出去。老爺一會就来了。寶玉聽了帶着奶娘小廝們一溜烟就出園来。方轉過灣頭。賈政引衆客来了。躲之不及。只得一旁站了。賈政近因聞得塾師稱賛寶玉耑能對對聯。雖不喜讀書。偏倒有些歪才情似的。今日偶然撞見這機會。便命他跟来。寶玉只得隨往。尚不知何意。賈政剛至園門前。只見賈珍帶領許多執事人等。一旁侍立。賈政道。你且把園門都関上。我們先瞧了外面。再進去。賈珍聽說。命人將門開了。賈政先看正門。只見正門五間。上面筒瓦泥鰍脊。那門欄牕槅。皆是細雕新鮮花樣。並無硃粉塗飾。一色水磨磚墻。下面白石臺磯。鑿成西番花艸樣。左右一望皆雪白粉墻。下面虎石隨勢砌去。果然不落富麗俗套。自是歡喜。遂命開門。只見一帶翠嶂擋在前面。衆清客都道好山好山。賈政道非此一山。一進来園中所有之物。悉入目中。則有何趣。衆人都道極是。非胸中大有邱壑。焉想及此。說畢往前一望。見白玉崚嶒。或如鬼怪。或如猛獸。縱横拱立。上面苔蘚成斑。藤蘿掩映。其中微露羊腸小

三

徑○賈政道我們就從此小徑過去○回來由那一邊出去○方可遍
覽○說畢命賈珍前導○自已扶了寶玉○逶迤進入山口○擡頭忽見
山頭有鍾面白石一塊○正是迎面留題處○賈政回頭笑道諸公
請看此處○題以何名方妙○衆人聽說○也有說該題疊翠二字妙
的○也有說該題錦嶂的○又有說賽香爐的○又有說小終南的○種種
名色○不止幾十個○原来衆客心中○早知賈政要試寶玉的功業
進益如何○只将些俗套来敷衍○寶玉亦料定此意○賈政聽了便
回頭命寶玉擬来○寶玉道嘗聞古人有云○編新不如述舊○刻古

終朕雕令。況此處並非主山正景。原無可題之處。不過探景一
進步耳。莫若直書曲徑通幽處。只向舊詩上想。倒還大方氣派。
衆人聽了都賛道。便是二世兄天分高。才情大。不似我們讀腐
了書的。賈政笑道不當謬奬。他年小。不過以一知充十用。取笑
罷了。再俟選擬。説着進入石洞來。只見佳木蘢葱。奇花爛灼。一
帶清流。從花木深處曲折瀉于石隙之下。再進數步。漸向北邊
平坦寬豁。兩邊飛樓插空。雕甍繡檻。皆隱於山坳樹杪之間。俯
向視之。則清溪瀉雪。石磴穿雲。白石為欄。環抱池沿。石橋三港

獸面銜吐。橋上有亭。賈政與諸人上了亭。倚欄坐了。因問諸公以何題此。諸人都道當日歐陽公醉翁亭記有云。有亭翼然。就名翼然。賈政笑道翼然雖佳。但此亭壓水而成。還須編于水題方稱。依我拙裁。歐陽公云瀉出于兩峯之間。竟用他這一個瀉字。有一客道長極長極。竟是瀉玉二字妙。賈政拈髯尋思。因擡頭見寶玉侍側。便叫他也擬一個來。寶玉聽說連忙回道。老爺方才說議已是。但是如今追究了去。似乎當日歐陽公題釀泉用一瀉字則妥。今日此泉。若亦用一瀉字。則覺不妥。況此處雖云省親駐蹕別墅。亦當入於應制之例。用此等字眼。亦覺粗醜不雅。求再擬較此蘊藉含蓄者。賈政笑道。諸公聽此論若何。方才衆人編新。你又說不如述古。如今我們述古。你又說粗陋不妥。你且說你的來我聽。寶玉道用瀉玉二字。不如用沁芳二字。豈不新雅。賈政拈髯點頭不語。衆都忙迎合讚寶玉才情不凡。賈政道匾上二字容易。再作一副七言對聯來。寶玉聽說立于亭上。回頭一望。便機上心來。乃念道繞堤柳借三篙翠。隔岸花分一脈春。賈政聽了點頭微笑。衆人咸稱讚不已。於是出亭

五

過池。一山一石。一花一木。莫不著意觀覽。忽擡頭看見前面一
帶粉垣。裏面數間修舍。有千百竿翠竹遮映。衆人都道好個所
在。于是大家進入。只見入門便是曲折遊廊。堦下石子漫成甬
路。上面三間小小房舍。一明兩暗。裏面都是合着地步打就的
床几椅桉。次裏間房内。又得一小門。出去則是後院。有大株梨
花。兼着芭蕉。又有兩間小小的退步。後院墻下忽開一隙。得泉
一派。開溝僅尺許。灌入墻内。繞堦緣房。至前院盤旋竹下而出。
賈政笑道。這一處倒也罷了。若能早夜至此窗下讀書。不枉虛

生一世。說畢看着寶玉。唏的寶玉忙垂了頭。衆客忙用話開釋。
又說道此處的匾該題四個字。賈政笑道那四字。一个道是淇
水遺風。賈政道俗。一个道是睢園舊蹟。賈政道也俗。賈珍笑道
還是寶兄弟擬一個來。賈政道他未曽作。又要議論人家的好
歹。可見就輕薄人。衆客道議論的極是。其奈他何。賈政忙道休
如此縱了他。因命他道。今日任你狂言亂道。先設議論來。然後
方許你擬。方才衆人可有使得的。寶玉便荅道都似不妥。賈政
冷笑道怎麽不妥。寶玉道這是第一處行幸之處。必須頌聖方

六

可○若用四字的匾○又有古人現成的○何必再作○賈政道難道淇水睢園不是古人的○寶玉道這太板腐了○莫若有鳳来儀四字○衆人都哄然叫妙○賈政點頭道○畜生畜生○可謂管窺蠡測矣○因命再題一聯来○寶玉便念道寶鼎茶閒烟尚緑○幽窗棋罷指猶凉○賈政摇頭説道也未見長○説畢引人出来○方欲走時○忽又想起一事来○因問賈珍道這些院落房宇○並几案桌椅都算有了○還有那些帳幔簾子○並陳設玩器古董○可也都是一處一處合式配就的○賈珍回道那陳設的東西○早已添了許多的東西○自然

臨期合式。陳設。帳幔簾子。昨日聽見璉兄弟説不全。那原是一起工程之時。就畫了各處的圖樣。量准尺寸。就打發人辦去的。想必昨日得了一半。賈政聽了。便知此事不是賈珍的首尾。便命人去吽賈璉。一時賈璉趕來。賈政問他共有幾種。現今得了幾種。尚欠幾種。賈璉見問。忙向靴桶内取靴掖内裝的一个紙摺畧節。来看一看。回道粧蟒綉堆。刻絲彈墨。並各色紬綾大小幔子一百二十架。昨日得了八十架。下欠四十架。簾子二百掛。昨得了。外有猩猩氊簾二百掛。湘妃竹簾二百掛。金絲藤紅漆竹簾二百掛。黑漆竹簾二百掛。五綵線絡盤花簾二百掛。每様得了一半。也不過秋天都全了。椅搭桌圍。床裙桌套。每分一千二百件。也有了。一面走一面說。倏爾青山斜阻。轉過山懷中。隱隱露出一帶黄泥築就矮墻。墻頭皆用稻莖掩護。有幾百株杏花。如噴火蒸霞一般。裏面茨楹茆舍。外面却是桑榆槿柘。各色樹椏新條。隨其曲折。編就兩溜青籬。籬外山坡之下。有一土井。旁有桔槹轆轤之屬。下面分畦列畝。佳蔬菜花。漫然無際。賈政笑道。倒是此處有些道理。固然係人力穿鑿。此時一見。未免勾引起我歸農之意。我們且進去歇息歇息。說畢方欲進籬門。忽見路旁有一石碣。亦為留題之備。衆人笑道便妙便妙。此處若懸匾待題。則農舍家風。一洗盡矣。立此一碣。又覺生色許多。非范石湖田家之咏。不足以盡其妙。賈政道諸公請題。衆人道方才世兄有云編新不如述舊。此處古人已道盡矣。莫若直書杏花村妙極。賈政聽了笑向賈珍道。正虧提醒了我。此處都妙極。只是還少一箇酒幌。明日竟作一个。不必華麗。就依外面村莊的式樣作来。用竹竿挑在樹梢。賈珍答應道是。賈政又向衆人

八

道杏花村固佳。只是犯了真個邨名。直待請名方可。衆客都道是呀。如今虛的。便是便是什麽字樣好。大家想着。寶玉却等不得了。也不待賈政的命。便說道舊詩有云。紅杏梢頭掛酒旂。如今莫若杏旂在望四字。衆人都道好个在望。又暗合杏花村意。寶玉冷笑道村名若用杏花二字。則俗陋不堪了。又有古人詩云。柴門臨水稻花香。何不就用稻花村。妙。衆人聽了越發哄聲拍手道妙。賈政一聲斷喝無知的孽障。你知道幾个古人。能記的幾首熟詩。也敢在老先生前賣弄。你方才那些胡說的不過

是試你的清濁○取笑而已○你就認真了○說着引人步入茆堂○裏

面紙窻木榻○富貴氣象○一洗皆盡○賈政心中自是歡喜○却瞅寶

玉道此處如何○衆人見問却忙悄悄的推寶玉教他說好○寶玉

不聽人言○便應聲道不及有鳳来儀多矣○賈政聽了道無知的

蠢物○你只知朱樓畫棟○悪賴富麗為佳○那裏知道這清幽氣象○

終是不讀書之故○寶玉忙荅道老爺教訓的固是○但古人嘗云

天然二字○不知何意○衆人見寶玉牛心○都怪他獃痴不改○今見

問天然二字○衆人忙道別的都明白○如何連天然不知○天然者

九

天之自然。而有非人力之所能成也。寶玉道却又来此處置一田庄。分明見的人力穿鑿。扭揑而成。遠無鄰村。近不負郭。背山無脉。臨水無源。高無隱寺之塔。下無通市之橋。峭然孤出。似非大觀。爭似先處有自然之理。得自然之氣。雖種竹引泉。亦不傷于穿鑿。古人云天然圖畫四字。正謂非其地而强爲地。非其山而强爲山。雖百般精巧。終不相宜。未及說完。賈政氣的喝命叉出去。又喝命回来。命再題一聯。若不通。一併打嘴。寶玉只得念道新漲綠添澣葛處。好雲香護采芹人。賈政聽了搖頭道更不

好○一面引人出来○轉過山坡○穿花度柳○撫石依泉○過了荼蘼架○
再入木香棚○越牡丹亭○度芍藥圃○入薔薇院○出芭蕉塢○盤旋曲
折○忽聞水聲潺湲○瀉出石洞○上則蘿薜倒垂○下則落花浮蕩○衆
人都道好好好○賈政道諸公題以何名○衆人道再不必擬了○恰
恰乎是武陵源三个字○賈政道又落套了○而且陳舊○衆人笑道
不然○就用秦人舊舍四字也罷了○寶玉道這越發過露了○秦人
舊舍○說避亂之意○如何使得○莫若用蓼汀花溆四字○賈政聽了○
更批胡說○於是要進港洞○又想起有船無船○賈珍道採蓮船共

十

四隻。座船一隻。如今尚未造成。賈政笑道可惜不得入去。從山上盤道亦可以進去。説畢在前導引。大家扳藤撫樹過去。只見水上落花愈多。其水愈清。溶溶蕩蕩。曲折縈紆。池邊兩行垂柳。雜着桃杏。遮天蔽日。真無一些塵土。忽見柳陰中又露出一個折帶朱欄板橋來。度過橋去。諸路可通。便見一所清涼瓦舍。一色水磨磚墻。清瓦花堵。那大主山所分之脉。皆穿墻而過。賈政道此處這一所房子無味的很。因而步入門時。忽迎面突出插天的大玲瓏山石來。四面群繞各式石塊。竟把裏面所有的房屋○悉皆遮住○一株花木也無○只見許多异草○或有牽藤的○或有引蔓的○或垂山巔○或穿石隙○甚至垂簷繞柱○縈砌盤堦○或如翠帶飄飄○或似金繩盤屈○或實若丹砂○或花如金桂○味芬氣馥○非花香之可比○賈政不禁道有趣○只是不大認識○有的說是薜茘藤蘿○賈政道薜茘藤蘿○不得如此异香○寶玉道果然不是○這些之中○也有藤蘿薜茘○那香的是杜若蘅蕪○那一種大約是茝蘭○這一種大約是清葛○那一種是金簦草○這一種是玉露藤○紅的自然是紫芸○綠的定然是青芷○想來離騷文選等書上所有的

十

那些异草。也有叫作什麽藿葯薑彚的。也有叫什麽綸組紫絳的。還有叫石帆水車扶留等樣的。又有叫什麽綠荑的。還有叫什麽丹椒蘼蕪風連的。如今年深歲改。人不能識。故皆像形奪名。漸漸喚差了。也是有的。未及說完。賈政喝道。誰問你來。唬的寶玉倒退。不敢再說。賈政因見兩邊俱是超手遊廊。便順着遊廊步入。只見上面五間清廈。連着捲棚。四面出廊。綠牕油壁。更比前幾處清雅不同。賈政嘆道。此軒中煑茶操琹。亦不必再焚名香矣。此造已出意外。諸公必有佳作新題。以顏其額。方不負此。衆笑道再莫若蘭風蕙露貼切了。賈政道也只好用這四字。其聯若何。一人道我倒想了一對。大家批削改正。道麝蘭芳靄斜陽院。杜若香飄明月洲。衆人道妙則妙矣。只是斜陽二字不妥。那人道古人詩云蘼蕪滿手泣斜暉。衆人道頹喪頹喪。又有一人道我也有一聯。諸公評閱評閱。因念道三徑香風飄玉蕙。一庭明月照金蘭。賈政拈髯沉吟。意欲也題一聯。忽擡頭見寶玉在旁不好出聲。因喝道你怎麼該說話時又不說了。還要等人請教你不成。寶玉聽說便回道。此處並沒有什麼蘭麝明月洲渚之類○若要這樣着跡說起來○就題二百聯也不能完○貫政道誰按着你的頭○教你必定說這些字樣呢○寶玉道如此說○匾上則莫如蘅芷清芬四字○對聯則是吟成荳蔻才猶艷○睡足酴醾夢也香○賈政笑道這是套的書成蕉葉文猶綠○不足為奇○衆客道李太白鳳凰之作○全套黃鶴樓○只要套的妙○如今細評起來○方才這一聯○竟比書成蕉葉文猶綠覺幽閑活潑○視書成之句○竟似套此而來○賈政笑道豈有此理○說着大家出來○行不多遠○只見崇閣巍峩○層樓高起○面面琳宫合抱○迢迢複道縈紆○

青松拂檐○玉欄繞砌○金輝獸面○彩煥螭頭○賈政道這是正殿了○只是太富麗了些○衆人都道要如此方是○雖然貴妃崇節尚儉○天性惡繁悦朴○然今日之尊○禮儀如此○不為過也○一面説一面走○只見正面現出一座玉石牌坊來○上面龍蟠螭護○玲瓏鑿就○賈政道此處書以何文○衆人道必是蓬萊仙境方妙○賈政摇頭不語○寶玉見了這個所在○心中忽有所動○尋思起來○却像那裡曽見過的一般○却一時想不起來○那年月日的事了○賈政又命他作題○寶玉只顧細思前景○全無心于此了○衆人不知其意○只

當他受了半日的折磨。精神耗散。才盡詞窮了。再要考難逼迫。着了急。生出事来倒不便。遂忙都勸賈政罷罷。明日再題罷了。賈政心中也怕賈母不放心。遂冷笑道你這畜生也竟有不能之時了。也罷限你一日。明日若再不能。我定不饒。這是要緊一處。更要好生作来。說着引人出来再一觀望。原来自進門起所行至此。才遊了十之五六。又值人来回有雨村處遣人回話。賈政笑道此数處不能遊也。雖如此到底從那一邊走走。縱不能細觀。也可稍覽。說着引客行来。至一橋前。見水如晶簾一般奔入。原来這橋便是通外河之閘。引泉而入者。賈政因問此閘何名。寶玉道此乃沁芳泉之正源。就名沁芳閘。賈政道胡說。偏不用沁芳二字。於是一路行来。或高堂。或茆舍。或堆石為垣。或編花為牖。或山下得幽尼佛寺。或林中藏女道丹房。或長廊曲洞。或方廈圓亭。賈政皆不進去。因說半日腿酸。未嘗歇息。忽又見前面又露出一所院落来。賈政笑道到此可要進去歇息歇息了。說着一徑引人遶着碧桃花。穿過一層竹籬花障編就的穴洞門。俄見粉垣環護。緑柳週垂。賈政與衆進去。一入門兩邊都

是遊廊相接○院中點襯几案山石○一邊種着数本芭蕉○那一邊
乃是一棵西府海棠○其勢若傘○絲垂翠縷○葩吐丹砂○衆人賛道
好花好花○從来也見過許多海棠○那裏有這樣的○賈政道這叫
女兒棠○乃是外國之種○俗傳係出女兒國中○云彼國之種最盛○
亦荒唐不經之說罷了○衆人笑道然雖不経○如何此名竟傳久
了○寶玉道大約騷人咏士○以此花之色紅○暈紅若施脂○輕弱似
扶病○大近乎閨閣風度○所以以女兒命名○想因彼世間俗惡○聽
了他便以野史纂入為証○以俗傳俗○以訛傳訛○都認真了○衆人

都點頭賛妙。一面説話。一面都在廊外抱廈下打就的榻上坐
了。賈政因問想幾个什麽新鮮字来題此。一客道蕉鶴二字。最
妙。一个道崇光泛彩方妙。賈政與衆人都道崇光泛彩好。寶玉
也道妙極。又嘆只是可惜了。衆人問如何可惜。寶玉道此處蕉
棠兩植。其意暗蓄紅緑二字在内。若只説蕉。則棠無着落。若説
棠則蕉亦無着落。故有蕉無棠不可。有棠無蕉更不可。賈政道
依你如何。寶玉道依我題紅香緑玉四字。方兩全其妙。賈政揺
頭不好不好。説着引人進入房内。只這幾間房内。收拾的與别

圭

處不同。竟分不出間槅來的。原來都是雕空玲瓏木板。或流雲
蝙蝠。或歲寒三友。或山水人物。或翎毛花卉。或集錦。或博古。或
各種花樣。皆是名手雕鏤。五色銷金嵌寶的。一槅一槅。或有貯
書處。或有設鼎處。或安置筆硯處。或供花設瓶。安放盆景處。其
槅各式各樣。或天圓地方。或葵花蕉葉。或連環半壁。真是花團
錦簇。剔透玲瓏。倏爾五色紗糊。就竟係小牕。倏爾五彩綃輕覆。
竟係幽戶。且滿墻滿壁。皆係隨古董玩器之形摳成的槽子。諸
如琴劍懸瓶掛屏之類。雖懸于壁。却都是與壁相平的。衆人都

贊好精緻想頭。難爲怎麽想來。原來賈政等走了進來。未進兩層。便都迷了舊路。左瞧也有門可通。右瞧又有牕暫隔。及到了跟前。又被一架書櫥擋住。回頭再走。又有牕紗明透門逕可行。及至門前。忽見迎面也進來了一羣人。都與自己形相一樣。却是一架玻璃大鏡相照。及轉過大鏡去。一發見門多了。賈珍笑道老爺隨我來。從這門去裡去便是後院。從後院去。倒比先近了。說着又轉了層紗櫥錦槅。果得一門。去至後院中滿架薔薇。寶玉轉過花障。則見清溪前阻。衆人咤異這般朕水又是從何而來。賈珍

六

遥指道。原從那閘起。流至那洞口。從東北山坳裏引到村庄裏。又開一道岔口。引到西南上。共總流到這裏。仍就合在一處。從那墻下出去。衆人聽了都道神妙之極。說着忽見大山阻路。衆人都道迷了路。賈珍笑道隨我来。乃至前導引。衆人隨他直由山脚邊忽一轉。便是平坦寬濶大路。豁然大門前見。衆人都道有趣有趣。真搜神奪巧之至。于是大家出来。那寶玉一心只記掛裏邊。又不見賈政吩付。少不得跟到書房。賈政忽想起他来。方喝道你還不去。難道還逛不足。也不想逛了這半日。老太太

必懸念。不快進去。疼你也白疼了。寶玉聽說方退了出來。至院
外。就有跟賈政的幾个小廝上來攔腰抱住道。今兒虧我們。老
爺才喜歡。老太太打發人出來問了幾遍。都虧我們回說喜歡。
不然若老太太叫你進去。就不展才了。人人都說你才那些詩。
比世（是）人的都强。今兒得了這樣的彩頭。該賞我們了。寶玉笑道
每人一串錢。眾人道誰沒見那一串錢。把這荷包賞了罷。說着
一个上來解荷包。那一个就解香囊。不容分說。將寶玉所佩之
物。盡行解去。又道好生送上去罷。一个抱了起來。幾个圍繞送

至賈母二門前○那時賈母已命人看了幾次○衆奶娘丫嬛跟上見了賈母○知不曾難為着他○心中自是歡喜○少時襲人倒了茶来○見身邊佩物○一件無存○因笑道帶的東西○又是那起沒臉的東西解了去了○林黛玉聽說○走過来瞧瞧○果然一件無存○因向寶玉道我給你的那个荷包○也給了他們○你明兒再想我的東西○可不能彀了○說畢賭氣回房○將前日寶玉所煩他做的那个香袋兒○才做了一半○賭氣拿過来就鉸○寶玉見他生氣○便知不妥○趕過来早剪破了○寶玉已見過這香囊○雖尚未完○却十分精

巧。費了許多工夫。今見無故剪了。却也可氣。因忙把衣領解了。從裏紅襖襟上。將黛玉所給的那个荷包解了下来。遞與黛玉瞧道。你瞧瞧。這是什麽。我那一回把你的東西給人了。林黛玉見他如此珍重。帶在裏面。可知是怕人拿去之意。因此又自悔莽撞。未見皁白。就剪了香袋。因此又愧又氣。低頭一言不發。寶玉道。你也不用剪。我知道你也懶給我東西。我連這荷包奉還何如。說着擲向懷中便走。黛玉見如此。越發氣起來。聲咽氣堵。又汪汪的滚下泪来。拿起荷包要剪。寶玉見他如此。忙回身搶

六

住。笑道好妹妹。饒了他〔我〕罷。黛玉將剪子一摔。拭泪說道。你〔我〕不同
我〔你〕好一陣歹一陣的。要惱就撂開手。這當了什麼。說着賭氣上
床。面向裏。倒下拭泪。禁不住寶玉上来妹妹長。妹妹短。陪不是。
前面賈母一片聲找寶玉。衆奶娘丫嬛們忙回說在林姑娘房
裏呢。賈母聽說道好好好。讓他姊妹們一處頑頑罷。才他老子
拘〔束〕了他這半天。讓他開心一會子罷。只別叫他們拌嘴。不許忤
了他。衆人答應着。黛玉被寶玉纏不過。只得起来道你的意思
不叫我安身。我就離了你。說着往外就走。寶玉笑道你那裏走。

我跟到那裏。一面仍拿起荷包來帶上。黛玉伸手搶道。你說不
要了。這會子又帶上。我也替你怪臊的。說着嗤的一聲又笑了。
寶玉道好妹妹。明兒另替我做个香袋兒罷。黛玉道那也只瞧
我的高興罷了。一面說。一面二人出房到王夫人上房中去了。
可巧寶釵也在那裏。此時王夫人那邊熱鬧非常。原來賈薔已
從姑蘇採買了十二个女孩子。並聘了教習。以及行頭的事來
了。那時薛姨媽另遷于東北上一所幽净房舍居住。將梨花院
早騰挪出來。另行修理了。就令教習在此教演女戲。又另派家

九

中舊有曾演過學歌唱的女人們○如今皆已皤然老嫗了○着他
們帶領管理○就令賈薔揔理其日用出入的銀錢的事○以及諸
凡大小所需之物料賬目○又有林之孝來回採訪聘買得十个
小尼姑○小道姑○都有了○連新做的二十分道袍也有了○外有個
帶髮修行的○本是蘇州人氏○祖上也是讀書仕宦之家○因生了
這位姑娘○自幼多病○買了許多替身兒○皆不中用○只的這姑娘
親自入了空門○方才好了○所以帶髮修行○今年才十八歲○法名
妙玉○如今父母俱已亡故○身邊只有兩个老嬤嬤○一个小丫頭

服侍。文墨也極通。經文也不用學了。模樣兒又極好。因聽見長安都中有觀音遺像。並貝葉遺文。去歲隨了師父上來。現在西門外牟尼院住着。他師父極精演先天神數。于去冬圓寂了。妙玉本欲扶靈回鄉。因數上起得在此靜居。然後自然有你的結果。所以他竟未回。王夫人不等回完。便說既這樣。我們何不接了他來。林之孝家的回道請他了。說侯門公府。必以貴勢壓人。我再不去的。王夫人笑道他既是官宦小姐。自然驕傲些。就下个帖子請他何妨。林之孝家的荅應了出去。命書啟相公寫請

帖去請妙玉。次日遣人備車轎去接等後話暫且擱過。此時不
能表白。當下又有人回工程上等着糊東西的紗綾。請鳳姐去
開楼揀綾紗。又有人来回請鳳姐開庫收金銀器皿。連王夫人
並上房丫嬛等衆。皆一時不得閒的。寳釵便說咱們別在這裡
碍手碍脚。找探丫頭去。說着同寳玉黛玉往迎春等房中來閒
玩無話。王夫人等日日忙亂。直到十月將盡。幸皆全備。各處監
管各交清賬目。各處古董文玩。皆已陳設齊備。採辦鳥雀的。自
仙寉孔雀以及鹿兎雞鵞等類。悉已買全。交與園中各處安放

飼養。賈薔那邊也演出二十齣襍戲來。小尼姑道姑也都學念

會了幾卷經咒。賈政方畧小意寬暢。又請賈母等進園。色色斟

酌點綴妥當。再無一些遺漏不當之處了。於是賈政方擇日題

本。本上之日。奉硃批准奏。次年正月十五上元之日。恩准賈妃

省親。賈府領了此恩旨。一發晝夜不閑。年也不曾過好的。轉眼

元宵在迩。自正月初八日。就有太監出来先看方向。何處更衣。

何處燕坐。何處受禮。何處開宴。何處退息。又有巡查地方摠理

關防太監等。帶了許多小太監出来。各處關防擋圍幙。指示賈

宅人員何處退。何處跪。何處進膳。何處啓事。種種儀注不一。外面又有工部官員。並五城兵備道。打掃街道。攆逐閑人。賈赦等督率匠人張掛燈火彩烟之類。至十四日俱已停妥。這一夜上下通不曾睡。至十五日五鼓。自賈母有爵的皆按品服大粧。園內各處帳舞蟠龍。簾飛彩鳳。金銀煥彩。珠寶爭輝。鼎焚百合之香。瓶插長春之蕊。靜悄無人欬嗽。賈赦等在西街門外。賈母等在榮府大門外。街頭巷口。俱係圍幙擋嚴。正等的不耐煩。忽一太監坐乘大馬而來。賈母忙接入。問其消息。太監道。早多着呢。未初刻用

過晚膳。未正二刻還到寶靈宮拜佛。酉初刻進大明宮領宴看
燈。方請旨。只怕戌初才起身呢。鳳姐聽了道既這麽着。老太太
太太且請回房。等是時候再来也不遲。於是賈母等暫且自便。
園中悉賴鳳姐照理。又命執事人帶領太監們去酒飯。一時傳
人一擔一擔的挑進蠟燭来。各處點燈。方點完時。忽聽外面馬
跑之聲。一時有十来个太監。都喘呼（吁）呼跑来拍手兒。這些太監
兒會意。都知道是来了。各按方向站住。賈政領合族子姪在西
街門外。賈母領合族女眷（在）大門外迎接。半日靜悄悄的。忽見一

對紅衣太監騎馬緩緩的走来。至西街門下了馬將馬。趕出圍幙之外。更垂手兒站住。半日又見一對亦是如此。少時便来了十来對。方聞的隱隱細樂之聲。一對對龍旌鳳翼。雉羽夔頭。又有金鎖提爐。焚着御香。然後一把曲柄七鳳金黄傘過来。便是冠袍帶履。又有值事太監捧着香珠繡帕漱盂拂塵等類。一隊隊過完。後面方是八箇太監。擡着一頂金頂金黄綉鳳板輿。緩緩行来。賈母等連忙路旁跪下。早飛過幾个太監来。扶起賈母邢夫人王夫人来。那板輿擡進大門。入儀門。往東去。到一所院

落。門前有執拂太監跪請下輿更衣。於是擡輿入門。太監等散
出。只有昭容彩嬪等引領元春下輿。只見院内各色花燈爛灼。
皆係紗綾扎成。精緻非常。上面有一匾。寫着體仁沐德四字。元
春入室更衣畢。復出上輿進園。只見園中香烟繚繞。花彩繽紛。
處處燈光相映。時時細樂聲喧。說不盡這太平氣象。富貴風流。
此時自已回想當初在大荒山中青埂峯下那等凄凉寂寞。若
不虧癩僧跛道二人攜来到此。又安能得見這般世[識]面。本欲作
一聮燈月賦。省親頌。一誌今日之事。又恐入了别書的俗套。按

此時之景。即特作一賦一讚。也不能形容得盡其妙。即不作賦讚。其豪華富麗。觀者諸公亦可想而知矣。所以倒是省了這工夫紙筆罷了。要知端詳。且看下回。

紅樓夢第十八回

隔珠簾父女勉忠勤　搦湘管姊弟裁題咏

話說賈妃在轎内看此園如此豪華。因點頭嘆息奢華過費。忽
又見執拂太監跪請登舟。賈妃乃下輿。只見清流一帶。勢若游
龍。兩邊石欄上皆係水晶玻璃各色風燈。點的如銀光雪浪。上
面柳杏諸樹。雖無花葉。然皆用通草紬綾紗絹依勢作成。粘於
枝上的。每一株懸燈數盞。更兼池中荷荇鳧鷺之屬。亦皆係螺
蚌羽毛之類做就的。諸燈上下爭輝。真玻璃世界。珠寶乾坤。船

上亦係各種精緻盆景諸燈。珠簾綉幙。桂楫蘭橈。自不必說。已

而入一石港港。上一面匾燈。明現着蓼汀花溆四字。按此四字。

並有鳳來儀等處。皆係上面賈政偶然一試寶玉之課藝才情

耳。何今日認真用此匾聯。況賈政世代詩書。来往諸客屛侍坐

陪者。悉皆才技之流。豈無一名手題撰。竟用一小兒一戲之詞。

苟且唐塞。真似暴發新榮之家。濫使銀錢。一味抹油塗硃畢。則

大書前門綠柳垂金鎖。後戶青山列錦屛之類。則以為大雅可

觀。豈石頭記中通部所表寧榮賈府所為哉。據此論之。竟大相

矛盾了。諸公不知。待蠢物將原委說明。大家方知。當日這賈妃
未入宮時。自幼亦係賈母教養。後来添了寶玉。賈妃乃長姊。寶
玉為弱弟。賈妃上念母年將邁。始得此弟。是以憐愛寶玉與待
諸弟不同。自其同隨祖母。刻未暫離。那寶玉未入學堂之先。三
四歲時。已得賈妃手引口傳。教授幾本書數千字在腹內了。其
名分雖係姊弟。其情狀猶如母子。自入宮後。時時帶信出来與
父母說。千萬好扶養。不嚴不能成器。過嚴恐生不虞。且致祖母
之憂。眷念切愛之心。刻未能名[忘]。前日賈政聞塾師背後讚寶玉

二

偏才儘有賈政未信。適那園遇已落成。令其題撰。聊一試其情
思之清濁。其所擬之匾聯。雖非妙句。在幼童為之。亦或可取。即
令使名公大筆為之。固不費難。然想來倒不如這本家風味有
趣。更使賈妃見之。係其愛弟所為。亦或不負其素日切愛之心。
因有這段原委。故此竟用了寶玉所題之聯額。那日雖未題完。
後来亦曾補擬。閒文少述。且說賈妃看了四字笑道。花溆二字
便妥。何必蓼汀。侍座太監聽了。忙下小舟登岸。飛傳與賈政。賈
政聽了即忙移换。一時舟臨内岸。復棄舟上輿。便見琳宫綽約。

桂殿巍峩。石牌坊上明顯着天仙寶鏡四大字。賈妃忙命換省
親別墅四字。于是進入行宫。但見庭燎燒空。香屑佈地。火樹琪
花。金牕玉欄。說不盡簾捲蝦鬚。氈鋪魚獺。鼎飄麝腦之香。屏列
雉尾之扇。真是金門玉戶神仙府。桂殿蘭宮妃子家。賈妃乃問
此殿何無匾額。隨侍太監跪啓曰。此係正殿。外臣未敢擅擬。賈
妃點頭不語。禮儀太監跪請升殿受禮。兩階樂起。禮儀太監二
人引賈赦賈政等。于月臺下排班。殿上昭容傳諭曰免。太監引
賈赦等出。又有太監引榮國太君及女眷等。自東階升月臺上

三

排班。昭容再諭曰免。於是引退。茶已三獻。賈妃降座。樂止。退入側殿更衣。方備省親車駕。出園至賈母正室。歇（敘）行家禮。賈母俱跪止不迭。賈妃滿眼垂淚。方彼此上前廝見。一手攙賈母。一手攙王夫人。三個人滿心裏皆有許多話。只是俱說不出。只管嗚咽對泣。邢夫人李紈王熙鳳迎探惜三姊妹等。俱在旁圍繞。垂泪無言。半日賈妃方忍悲強笑。安慰賈母王夫人道。當日既送到我那不得見人的去處。好容易今日回家。娘兒們一時不說說笑。笑反倒哭起來。一會子我去了。又不知多早晚才回來。說

到這句。不禁又哽咽起來。邢夫人等忙上来解勸。賈母等讓賈
妃歸坐。又逐次一一見過。又不免哭泣一番。然後東西兩府掌
家執事人丁。在廳外行禮。及兩府掌家執事媳婦領丫嬛等行
禮畢。賈妃因問薛姨媽寶釵黛玉因何不見。王夫人啟曰外眷
無職。未敢擅入。賈妃聽了忙命快請。一時薛姨媽等進來。欲行
國禮。亦命免過。上前各訴敘濶情寒溫。又有賈妃原帶進宮去
丫嬛抱琴等。上来叩見。賈母等連忙扶起。命入別室款待。執事
太監及彩嬪昭容各侍從人等。寧國府及賈赦那邊兩宅自有

人款待。只留三四个小太監答應。母女姊妹深敘些離別情景。
及家務私情。又有賈政至簾外問安。賈妃垂簾行叅等事。又隔
簾含淚謂其父曰。田舍之家。雖虀鹽布帛。終能聚天倫之樂。今
雖富貴已極。骨肉各方。終無意趣。賈政亦含淚啟道。臣艸莽寒
門。鳩羣雀屬之中。豈意得徵鳳鸞之瑞。今貴人上錫天恩。下昭
祖德。此皆山川日月之精奇。祖宗之遠德。種于一人。幸及政夫
婦。且今上啟天地生物之大德。垂古今未有之曠恩。雖肝膽塗
地。臣子豈能得報于萬一。惟朝乾夕惕。忠于厥職。外、願我君萬

壽千秋。乃天下蒼生之同幸也。貴妃切勿以政夫婦殘孝為念。
懣憤金懷。更祈自加珍愛。業業兢兢。勤慎恭肅以侍上。庶不負
上體貼眷愛如此之隆恩也。賈妃亦囑只以國事為重。暇時保
養。切勿記念等語。賈政又啟園中所有亭臺軒館。皆係寶玉所
題。如果有一二稍可寓目者。請別賜名為幸。元妃聽了寶玉能
題。便含笑說果進益了。賈政退出。賈妃見寶林二人。越發比別
姊妹不同。真似嬌花軟玉一般。因問寶玉為何不進見。賈母乃
啟無論外男不敢擅入。元妃命快引進來。小太監出去引寶玉

五

進来。先行國禮畢。元妃命他進前携手。攔于懷内。又撫其頭頸笑道。比先長了好些。一語未終。淚如雨下。尤氏鳳姐等上来啟道。筵宴齊備。請貴妃遊幸。元妃等起身命寶玉導引。遂同諸人步入園門。前早見燈光火樹之中。諸般羅列非常。進園来先從有鳳来儀。紅香緑玉。杏旂在望。蘅芷清芬等處。登樓步閣涉水緣山。百般眺覽徘徊。一處處鋪陳不一。一樁樁點綴新奇。賈妃極加獎讚。又勸以後不可太奢。此皆過分之極。已而至正殿。諭免禮歸坐。大開筵宴。賈母等在下相陪。尤氏李紈鳳姐等親捧羡把盏。元妃乃命傳筆硯伺候。親搦湘管。擇其幾處最喜者。賜名。按其書正殿頤恩思義扁額。天地啟宏慈。赤子蒼生同感戴。古今垂曠典。九州萬國被恩榮對聯。大觀園園之名。即名曰怡紅園。有鳳来儀賜名曰瀟湘館。紅香緑玉改作怡紅快緑。蘅芷清芬賜名曰蘅蕪苑。杏帘在望賜名曰澣葛山庄。正樓曰大觀樓。東西飛樓曰綴錦樓。西面斜樓曰含芳閣。更有蓼風軒。藕香榭。紫菱洲。荇葉渚等名。又有四字的扁額十數个。諸如梨花春雨。桐剪秋風。荻蘆夜雪等名。此時悉難全記。又命舊有扁聯俱不必摘去於是先題一絶云。

銜山抱水建來精。　靈巧工夫築始成。　天上人間諸景備。

芳園應賜大觀名。

寫畢。向諸姊妹笑道。我素之捷才。且不長于吟咏。妹輩素所深知。今夜聊以塞責。不負斯景而已。異日少暇。再補撰大觀園記並省親頌等文。以記今日之事。姊妹輩亦各題一匾一詩。隨才之長短。亦暫吟成。不可因我微才所縛。且喜寶玉竟知題咏。是我意外之想。此中瀟湘館蘅蕪院二處。我所極愛。次之怡紅院。

瀟葛山庄。此四大處。必得別有章句題咏方妙。前所題之聯雖佳。如今再各賦五言律一首。使我當面試過。方不負我自幼教授之苦心。寶玉只得答應了下來。自去搆思。迎探惜三人之中。要算探春又出于姊妹之上。然自忖亦難與薛林爭衡。只得勉强隨衆塞責而已。李紈也勉强湊成一律。賈妃先挨次看姊妹們的。寫道是。

曠性怡情匾額。　　迎春

園成景備特精奇。　奉命羞題額曠怡。　誰信世間有此景。

游來寧不暢神思。

萬象爭輝匾額。

探春

名園築出埶巍嵬。奉命何慚學淺微。精妙一時言不出。果然萬物吐光輝。

文章造化匾額。

惜春

山水橫色千里外。樓臺高起五雲中。園修日月光輝裏。景奪文章造化工。

文采風流匾額。

李紈

秀水名山抱復迴○風流文采勝蓬萊○綠裁歌扇迷芳草○紅襯湘裙舞落梅○珠玉自應傳盛世○神仙何幸下瑤臺○名園一自邀遊幸○未許凡人到此來○

凝暉鍾瑞匾額○　薛寶釵

芳園築向帝城西○華日祥雲籠罩奇○高柳喜遷鶯出谷○修篁時待鳳來儀○文風已著宸遊夕○教化應隆歸省時○睿藻仙才盈彩筆○自慚何敢再為辭○

世外仙源匾額○　林黛玉　八

名園築何處。仙境别紅塵。借得山川秀。添來景物新。

香融金谷酒。花媚玉堂人。何處邀恩寵。宫車過往

頻。

賈妃看畢。誦賞一番。又笑道終是薛林二妹之作。與衆不同。非愚姊妹可同列者。原來林黛玉安心今夜大展奇才。將衆人壓倒。不想賈妃只令一匾一咏。不好違諭多做。只胡亂作一首五言律應景罷了。寶玉方作完瀟湘館蘅蕪院二首。正作怡紅院一首。起艸内有緑玉春猶捲一句。寶釵轉眼瞥見。便趁衆人不

理論○急忙回身悄推他道○他因不喜紅香綠玉四字○才改了怡紅快綠○你這會子偏用綠玉二字○豈不是有意和他爭馳了○況且蕉葉之說也頗多○再想一个字改了罷○寶玉見寶釵如此說○便拭汨說道○我這會子總想不起什麽典故出處来○寶釵笑道只把綠玉的玉字○改作蠟字就是了○寶玉道綠蠟可有出處○寶釵見問○悄悄的咂嘴點頭笑道○虧你今夜不過如此○若將来金殿對策○你大約連趙錢孫李都忘了呢○唐錢翊咏芭蕉詩○頭一句冷燭無烟綠蠟乾○你都忘了不成○寶玉聽了○不覺洞開心意○

九

笑道該死該死。現成眼前之物。偏倒想不起来了。真可謂一字師了。從此後我只叫你師父。再不叫姊姊了。寶釵亦悄悄的笑道。還不快作上去。只管姊姊妹妹的。誰是你姊姊。那上頭穿黄袍的。才是你姊姊。你又認我這姊姊来了。一面說笑。因又怕他躭延工夫。遂抽身走開了。寶玉只得續成。共有了三首。此時林黛玉未得展其抱負。自是不快。因見寶玉獨作四律。大費神思。何不代他作兩首。也省他些精神不到之處。想着便也走至案旁。悄問可都有了。寶玉道才有了三首。只有杏帘在望一首了。

黛玉道既如此。你只抄録前三首罷。趕你寫完那三首。我也替你作出這首了。說畢低頭一想。早已吟成一律。便寫在紙條上。搓成個紙團。擲在他跟前。寶玉打開一看。只覺此首比自己作三首高過十倍。真是喜出望外。遂忙恭楷呈上。賈妃看道。

有鳳来儀　　臣寶玉謹題

秀玉初成寔。　堪宜待鳳凰。　竿竿青欲滴。　箇箇緑生凉。
迸砌妨階水。　穿簾碍鼎香。　莫摇清碎影。　好夢晝初長。

蘅芷清芬

蘅蕪滿靜院○　蘿薜助芬芳○　軟襯三春草○　柔拖一縷香○

輕烟迷曲徑○　冷翠滴迴廊○　誰謂池塘曲○　謝家幽夢長○

怡紅快綠

深庭長日靜○　兩兩出嬋娟○　綠蠟春猶捲○　紅粧夜未眠○

凭欄垂絳袖○　倚石護青烟○　對立東風裏○　主人應解憐○

杏帘在望

杏帘招客望。在望有山庄。菱荇鵞兒水。桑榆燕子梁。一畦春韮綠。十里稻花香。盛世無飢餒。何須耕織忙。

賈妃看畢。喜之不盡。説果然進益了。又指杏帘一首為前三首之冠。遂將浣葛山庄改為稻香村。又命探春另以綵箋謄録出方才一十一首詩來。令太監傳與外廂。賈政等看了。都稱頌不已。賈政又進歸省頌。元春又命以瓊酥金膾等物。賜與寶玉並賈蘭。此時賈蘭極幼。未達諸事。只不過隨母依叔行禮。故無別傳。賈環從幼染病未痊。自有閒處調養。故亦不傳。那時賈薔帶領十二个女戲在樓下正等的不耐煩。只見一太監飛來說作完了詩。快拿戲目来。賈薔急將錦冊送上。並十二个花名單子。少時太監出来。只點了四齣戲。第一齣豪宴。第二齣乞巧。第三齣仙緣。第四齣離魂。賈薔忙張羅扮演来。一个个歌傳裂石之音。舞有天魔之態。雖是粧演的形容。却作盡悲歡情狀。剛演完了。一太監執一盤糕之屬。進来問誰是齡官。賈薔便知是賜齡官之物。喜的忙接了。命齡官叩頭。太監說道貴妃有諭。齡官極好。再作兩齣。不拘那兩齣就是了。賈薔忙答應了。因命齡官作遊園驚夢二齣。原非本角之戲。執意不做。定要作相約相罵二齣。賈薔扭他不過。只得依他做了。賈妃甚喜。命不要難爲了這女孩子。好生教習。額外賞了兩匹宮緞。兩個荷包。並金銀鏍子食物之類。然後撤筵。將未到之處復遊玩。忽見山環佛寺。忙另盥手進去焚香拜佛。又題一匾云苦海慈航。又額外加恩與一般幽尼女道。少時太監跪啟賜物俱齊。請驗賜例。乃呈上略節。賈

三

妃從頭看了。俱甚妥協。即命照此遵行。太監聽了下來一一發放。原來賈母的金玉如意各一柄。沉香拐拄一根。伽楠念珠一串。富貴長春宮緞四疋。福壽綿長宮緞四疋。紫金筆錠如意錁十錠。吉慶有魚銀錁十錠。邢夫人王夫人二分。只減了如意拐拄念珠四樣。賈敬賈赦賈政等。每分御製新書二部。寶墨二匣。金銀爵二枚。表裡按前。寶釵黛玉諸姊妹等。每人新書一部。寶墨一方。新樣格式金銀錁二對。寶玉亦同此。賈蘭則是金銀項圈二个。金銀錁子兩對。尤氏李紈鳳姐等。皆是金銀錁四錠。表

裡四端。外表裡二十四端。清[制]錢一百串。是賜與賈母王夫人及
諸姊妹房中奶娘衆丫嬛的。賈珍賈璉賈環賈蓉等。皆是表裡
一分。金錁一雙。其餘緞疋百端。金銀千兩。御酒華筵。是賜東西
兩府凡園中管理工程陳設答應。及司戲掌燈諸人的。外有清[制]
錢五百串。是賜廚役優伶百戲襍行人丁的。衆人謝恩已畢。執
事太監啟道時已丑正三刻。請駕回鑾。賈妃聽了不由的滿眼
又滾下淚來。却又勉強堆笑。拉住賈母王夫人的手。緊緊的不
忍釋放。再四叮嚀不要記掛。好生安養。如今天恩浩瀚。一月許

主

進内省視一次。見面是儘有的。何必慘傷。倘明日天恩歸省。萬不可如此奢華糜費了。賈母等已哭的哽噎難言了。賈妃雖不忍别。怎奈皇家規範違錯不得。只得忍心上輿去了。這裏諸人好容易將賈母王夫人安慰解勸攙扶出園去了。

紅樓夢第十九回

情切切良宵花解語　意綿綿靜日玉生香

話說賈妃回宮。次日見駕謝恩。并回奏歸省之事。龍顏甚悅。又內帑彩緞金銀等物以賜賈政。及各椒房等員。不必細說。且說榮寧二府中。因連日用盡心力。真是人人力倦。個個神疲。又將園中一應陳設動用之物。收拾兩三天方完。第一個鳳姐事多任重。別人或可偷靜。獨他不能脫滑的。二則本性要強。不肯落人褒貶。只扎掙着與無事人一樣。第一個是寶玉是極無事最

一

閒暇的。偏這日一早襲人的母親又来回過賈母。接襲人家去吃
年茶。晚間纔得回来。因此宝玉只和衆了頭們擲骰子下圍棋
作戲。正在房內頑的没興頭。忽見了頭們来回說東府內珍大
爺来請過去看戲放花灯。寳玉聽了。便命換衣裳。纔要去時有
賈妃賜出糖蒸酥酪来。寳玉想上次襲人喜吃此物。便命留與
襲人了。自己回過賈母。過去看戲。誰想賈珍这边唱的是丁郎
認父。黄伯央大擺陰魂陣。更有孫行者大鬧天宮。姜子牙斬將
封神等類的戲文。倐爾神鬼乱出。忽天魔畢露。甚至於揚旛過

會。号佛行香。鑼鼓喊叫之聲。遠聞巷外。滿街之人都讚好熱鬧
戲。別人家斷不能有的。寶玉見繁華热閙到如此不堪的田地。
只落坐了一坐。便走開各処閒耍。先是進内去和尤氏和了環姫
妾說笑了一回。便出二門来。尤氏等仍料他出来看戲。遂也不
曾照管。賈珍賈璉薛蟠等只顧猜枚（謎）行令。百般作樂。也不理論。
縱一時不見他在座。只道在裡边去了。故也不問。至于跟宝玉
小厮們。那年紀大些的。知宝玉这一來了必是晚間纔散。因此
偷空也有會賭去的。也有往親友家吃年茶的。更或有嫖或飲

二

的。都私自散了。待晚間再來。那小廝的都鑽進戲房瞄熱鬧去了。
宝玉見一人没有。因想日裡有个小書房。曾掛着一軸美人。極
畫的得神。今日这般熱鬧。想那美人也自然是寂寞的。須得我
去望慰他一回。想着便往裡面來。剛到窓前。聞的房內有呻吟
之韵。宝玉到唬了一跳。敢是美人活了不成。乃壯着胆子舔破
窓帋。向內一看。那軸美人却不曾活。却是茗烟按着一個女孩
子。也幹那警幻所訓之事。寶玉禁不住大叫了不得。一脚踹進
門去。將那兩个嚇開了。抖衣而顫。茗烟見是寶玉。忙跪求不迭。

寶玉道青天白日。都是怎麽說。珍大爺知道。你是死是活。一面看那了環。雖不標緻。到还白净。須微亦有動人之處。羞的臉紅耳赤。低首無言。寶玉跺脚道。还不快跑。一語提醒了。那了頭飛也似去了。宝玉又赶出去叫道。你别怕。我是不告訴人的。急的茗烟在後叫祖宗。这是分明告訴人了。宝玉回問那了頭几歲了。茗烟道大不過十六七歲了。宝玉道連他的歲数也不問問。别的自然越發不知道。可見他白認得你了。可憐可憐。又問名字叫什麽。茗烟笑道若說出名字來。話長。真是新解奇文。竟是

三

寫不出来的。攄他説他母親養他的時節。做了一夢。夢見得了一疋錦。上面是五色富貴不斷頭卍字的花樣。所以他的名字。就叫做卍兒。宝玉听了笑道真也新奇。想想必將来有些造化。説着沉思一會。茗烟因問二爺為何不看這樣的好戲。寳玉道看了半日怪煩的。出来瞧瞧。就遇見你們了。這會子作什麽呢。茗烟歡歡（嘻）笑道。這會子没人知道。我悄悄的引二爺往城外且去一回子。再往這里来。他們就不知道了。寳玉道不好。倘被花子拐了去。便是他們知道了。又鬧大了。不如往熟近些地方去。

還可就來○茗烟道熟近地方○誰家可去○寶玉笑道依我的主意○
竟我花大姐姐去○瞧他在家作什麽呢○茗烟笑道好好○倒忘了○
又道若他們知道了○説我引二爺胡走○要打我呢○寶玉道有我
我呢○茗烟听説拉了馬○二人從後門就走了○幸而襲人家不遠○
不過一半里路程○展眼就到門前○茗烟先進去叫襲人之兄花
自芳○彼時襲人之母○接了襲人與几個外甥女皃○几個姪女児
来家○正吃茶菓○听外面有人叫花大哥○花自芳忙出去○看見他
主僕兩個○唬的驚疑不止○連忙跪下○宝玉来在院内○嚷道宝二

四

爺来了。别人听見还可。襲人听了。也不知為何。忙跑出来迎着宝玉。一把拉住。問你怎麽来了。宝玉听了笑道。我怪悶的。来瞧瞧你作什広呢。襲人听了纔把心放下来。嗐了一聲。笑道你也忒胡鬧了。可作什広来呢。一面又問茗烟还有誰跟来。茗烟笑道别人都不知。就我們兩個。襲人听了復又驚慌道。这还了得。倘或碰見人了。或是遇見了老爺。街上擠車碰馬。有个閃失。也是頑得的。你們的胆子比斗还大。都是茗烟挑〔調〕唆的。回去我定告訴嬤嬤們。打你。茗烟撅了嘴道。二爺打着罵着叫我引了来的。这

會子推在我身上。我說別来罷。不然我們还去罷。花自芳忙看〔說〕

罷了。已是来了。也不用多說了。只是茅簷草舍。又窄又贓。爺怎

麼坐呢。襲人之母亦早迎了出来。襲人拉了寶玉進去。寶玉見

房中三五個女孩兒。見他進来都低了頭。羞慚慚的。花自芳母

子兩個百般怕寶玉冷。又讓他上炕。又忙另擺菓棹。又忙倒好

茶。襲人笑道你們不用白忙。我自然知道。菓子也不用擺了。不

敢乱捨東西吃。一面說。一面將自己坐褥拿了。鋪在一個杌子上。

寶玉坐了。用自己的脚肦〔爐〕墊了脚。向荷包内取出兩個梅花香

五

餅兒来。又将自已的手炉掀開焚上。仍盖好好[送]與寶玉懷内。然後将自已的茶杯斟了茶。送與宝玉。彼時他母兄已忙另斉斉整整擺上一棹子菓品来。襲人見揔無可吃之物。笑道既来了。没有空去之礼。好歹嚐一点兒。也是来我家一淌。說着便拈了几个松子穰。吹去細皮。手帕托着送與宝玉。宝玉看見襲人兩眼微紅。粉光融滑。因悄問襲人好好的哭什麽。襲人笑道何嘗哭。纔迷了眼揉的。因此便遮掩過了。當下寶玉穿着大紅金蟒狐腋箭袖。外罩石青貂裘排穗褂。襲人道你忒[特]為這里来。

里来又换新服。他們就不問你往那裡去的。宝玉笑道。原是珍

大爺請過去看戲。換的新服。襲人点頭。又道坐一坐就回去罷。

这個地方不是你来的。宝玉笑道你就家去纔好呢。我还替你

留着好東西呢。襲人悄笑道悄悄的。叫他們听着什麽意思。一面

又伸手從宝玉頂上將通靈玉摘了下来。向他姐妹們笑道。你

們倶見識見識。時常說起来都當希罕。恨不能一見。今日可盡

力瞧了再瞧。什麽希罕物兒。也不過是这麽個東西。說畢遞與

他們傳看了一遍。仍與宝玉掛好。又命他哥哥去顧一乘小轎。

六

或顧一輛小車。送宝玉回去。花自芳道有我送去。騎馬也不妨
了。襲人道不為不妨。為的是磞見人。花自芳忙去顧了一頂小
轎來。衆人也不好相留。只得送宝玉出去。襲人又把些菓子與
茗烟。又把些錢與他買花炮放。吽他不可告訴人。連你也有不
是。一直送宝玉至門前。看着上轎。放下轎簾。花茗二人牽馬跟
隨。来至寧府街。茗烟命住轎。向花自芳道。湏淂我同二爺还到
東府裡混一混。纔好过去的。不然人家就疑惑了。花自芳听說
有理。忙将宝玉抱出轎来。送上馬去。宝玉笑說倒難為你了。于

是仍進後門来。俱不在話下。却説宝玉自出了門。他房中这些丫環們。都越發恣意的頑笑。也有赶圍棋的。也有擲骰抹牌的。磕了一地瓜子皮。偏奶母李嬷嬷拄拐杖進来請安。瞧瞧宝玉。見宝玉不在家。丫頭們只顧頑鬧。十分看不過。因嘆道自從我出去了。不大進来。你們越發没個樣兒了。别的媽媽們越發不敢説你們了。那寶玉是個丈八的灯台。照見人家。照不見自己的。只知嫌人家𦢊。这是他的屋子。由着你們遭塌。越不成體統了。这些丫頭們。明知寶玉不講究这些。二則李嬷嬷已自告老解

七

事出去的了。如今管他們不着。因此只顧頑。並不理他。那李嬤嬤还只管問寶玉一頓吃多少飯。什麽時辰睡覺等語。丫頭們総胡亂答應。有的說好個討厭的老貨。李嬤嬤又問道這盖碗裡的是酥酪。怎不送與我去。我就吃了罷。說畢拿匙就吃。一個丫頭道快别動。那是要給襲人留着的。回来又惹氣了。你老人家自已承認。别帶累我們生氣。李嬤嬤听了又氣又愧。便說道我不信他這樣壞了。别說我吃了一碗牛奶。就是再比这個值錢的。也是應該的。難道待襲人比我还重。難道他不想想怎麽長大了。我的血变的奶。吃的長这麽大。如今我吃他一碗牛奶。他就生氣了。我偏吃了。看他怎麽樣。你們看襲人不知怎樣。那是我手裡調理出来的毛丫頭。什麽阿物兒。一面説。一面賭氣將酥酪吃盡。又一個丫頭笑道。他不會説話。怨不得你老人家生氣。寶玉時常还送東西孝敬你老老。豈有為这個不自在的。李嬤道。你們也不知道。不必粧狐媚子哄我。總打量上次為茶攆茜雪的事我不知道呢。明兒有了不是。我再來領。説着賭氣去了。少時寶玉回来。命人去接襲人。只見晴文淌在床上不動。寶玉因

八

問敢是病了○再不然輸了○秋雯道他倒是嬴的○誰知李老太太來了○混輸了○他氣的睡下了○寶玉笑道你别和他一般見識○由他去就是了○說着襲人已來○彼此相見○襲人又問寶玉何處吃飯○多早晚回來○又代母妹問諸同伴姊妹○一時換衣卸粧○寶玉命取酥酪來了○環們回說李奶奶吃了○宝玉纔要說話○襲人便忙笑道說原來是留的这個○多謝費心○前兒我吃的時候好吃○吃了好肚子疼○足的疼的吐了纔好○他吃了倒好○擱在这裡倒邋遢了○我只想風乾栗子吃○你替我剥栗○我去鋪床○宝玉听了

信以為真。方把酥酪丟開。取栗子來自向灯前檢剝。一面見衆人不在房中。乃笑問襲人道。今皃那個穿紅的是你什麼人。襲人道那是我兩姨妹子。寶玉听了讚嘆兩聲。襲人道嘆什麼。我知道你心裡的緣故。想是他在那裡不配穿紅的。宝玉笑道不是不是。那樣人不配穿紅的。誰还敢穿。我因為見他寔在好的狠。怎麼也得他在咱們家就好了。襲人冷笑道。我一個人是奴才命罷了。難道連我的親戚都是奴才命不成。定还要揀好的寔在的丫頭。纔往你家來。寶玉听了忙笑道。你又多心了。我說往

九

咱門家来○必定是奴才不成○說親戚就使不得○襲人道那也愛
配不上○宝玉便不肯再說○只是剥栗子○襲人笑道怎麽不言語
了○想是我纔冐撞冲犯了○明見賭氣花几兩銀子○買他們進来
就是了○寶玉道你听說的話○怎麽叫我荅言呢○我不過是讚他
好○正配生在这深堂[宅]大院裡○沒有的我們这濁物倒生在这裡○
襲人道他雖沒这造化○倒也是姣生慣養的呢○我姨爺[爹]姨娘的
寶貝○如今十七歲○各樣的嫁粧都齊備了○明年即出嫁○寶玉听
了出嫁二字○不禁又嗐了兩聲○正不自在○又听的襲人嘆道○只

從我来几年。姨妹們都不得在一處。于今我要回去了。他們又都去了。寶玉听这些話内有文章。不覺吃一驚。忙丢下粟子問道。怎麽你于今要回去了。襲人道我今兒听見我媽和哥哥商議。叫我再耐煩一年。明年他們上来。就贖我出去呢。宝玉听了这話。越發急了。因問為什麽要贖你。襲人道这話奇了。我又比不得是你这裡家生子兒。一家子都在别處。獨我一個人在这裡。怎麽是個了局。宝玉道我不叫你去也难。襲人道從来没有这礼。便是朝廷宮裡。也有个定例。或几年一選。或几年一出。也

十

没有長遠留下人的理。别說你了。宝玉想一想果然有理。又道老太太不放你也難。襲人道為什麽不放。我果然是个最难得的。或者感動了老太太。老太太必不肯放我出去的。設或多給我們家几两銀子留下我。容或有之。其實我也不過是個最平常之人。比我強的多。而且自我從小兒來了。跟着老太太。先伏〔服〕侍了史大姑娘幾年。于今又伏〔服〕侍了你几年。于今我們家来贖。正是該叫去的。只怕連身價也不要。就開恩叫我去呢。若說為伏〔服〕侍的好。不叫我去。断然没有的事。那伏〔服〕侍的好。是分内應當的。

不是什麼奇功。我去了仍旧又有好的了。不是没有了我飜成
不得的。寳玉听了这些話。竟是有去的理。無留的理。心内越發
急了。因又道雖然如此說。我只一心要留下你。不怕老太太不
和你母親說。多多給你母親些銀子。他也不好意思接你了。襲
人道我媽自然不敢強。且謾說和他好說。又多給銀子。就便不
好和他說。一個錢也不給。安心要強留下我。他也不敢不依。只
只是咱門家從没幹過这倚勢伏貴霸道的事。这比不的别的
東西。為你喜歡加十倍利弄了来給你。那賣的人不曾吃虧。可
十一

以行得。如今無故憑空留下我。你又大無益。反吽我們骨肉分
離。这件事老太太太太斷不肯行的。宝玉听了思忖半晌。乃説
道依你説是去定了。襲人道去定了。宝玉听了自思道誰知这樣
一個人。这樣薄情無義。乃嘆道早知道都是要去的。我就不該
弄了来。臨了剩我一個孤鬼。説着便賭氣上床睡去了。原来襲
人在家听的他母兄要贖他回去。他就説至死也不回去的。又
説當日原是你們没飯吃。就剩我还值几兩銀子。若不吽你們
賣。没有個看着老子娘餓死的理。如今幸而賣到这個地方。吃

穿和主子一樣。又不朝打暮罵。况且如今爹雖没了。都又整理
的家成業就。復了元氣。若果还艱難。把我贖出来。再多淘澄幾
個錢也还罷了。其寔又不難了。過日子。又贖我做什麽。權當我
死了。再不必起贖我的念頭。因此哭鬧了一陣。他母兄見他这
般堅執。自然不必出来的了。况且原是賣絕的死契。明仗着賈
宅是慈善寛厚之家。不過求一求。只怕連身價銀一併賞了还
是有的事呢。二則賈府中從不曾作踐下人。只有恩多威少的。
且凡老少房中所有親侍的女孩子們。更比家下衆人不同。平

十二

常寒薄人家的小姐○也不能那樣尊重的○因此他母子兩個也
就死心不贖了○次後忽然寶玉去了○他二人又是那般景况○他
母子二人心下更明白了○越發石頭落了地○而且是意外之想○
彼此放心○再無贖念了○如今且說襲人自幼見寶玉性格異常○
其淘氣憨頑○自是出于衆小兒之外○更有几件千奇百怪○口不
能言的毛病兒○近来伏着祖母溺愛○父母亦不能嚴緊拘管○更
覺放蕩弛縱○任性恣情○最不喜務正○每欲劝時料不能听○今日
可巧有贖身之論○故先用騙詞以探其情○以壓其氣○然後好下

箴規。今日他黙黙睡去了。知其情有不忍。氣已餒墮。自己原不
想栗子吃的。只因怕為酥酪又生故事。亦如茜雪之茶等事。是
以假以栗子為由。混过宝玉不提就完了。于是命小丫頭子們
將栗子拿去吃了。自然推寶玉。只見寶玉淚痕滿面。襲人笑說
道这有什麽傷心的。你果留我。我自然不出去了。寶玉見这話
有文章。便說道你倒說說。我还要怎麽留你。我也難說。襲人笑
道咱們素日好處自不用說。但今日你安心留我。不在这上頭。
我另說出兩三件事來。你果然依了我。就是真心留。到了刀擱

十三

在脖子上。我也是不出去的了。寶玉忙笑道你說那几件事。我都依你。姐姐。親姊姊。只求你們同看着我。守着我。等我有一日化成了飛灰。飛灰还不好。灰还有形有踪。还有知識。等我化成一股輕烟。風一吹便散了的時候。你們也管不得我。我也顧不得你們了。那時憑我去。我也憑你們愛那裡去就是了。急得襲人忙握他的嘴。說好好的正劝你。这些更說的狠了。宝玉忙說道再不說这話了。襲人道这是頭一件要改的。宝玉道改了。再要說。你就擰嘴。还有什麽。襲人道第二件你真喜讀書也罷。假喜也罷。只是在老爺跟前。或在别人跟前。你别只管批駁誚謗。
只作出喜讀書的樣子来。也呌老爺少生些氣。在人前也好說
嘴。他心裡想着我家代代讀書。自從有了你。不承望你不但不
喜讀書。已経他心裡又氣又愧了。而且背前背後。乱說那些混
話。凡讀書上進的人。你就起個名字呌作祿蠹。又說只除明明
德外無書。都是前人自己不能觧聖人之書。便另出己意。混纂
出来的。这些話怎怨的老爺不生氣。不時時打你。呌别人怎麽麽
你。寶玉笑道道再不說了。那原是那小時不知天高地厚。信口胡說。

十四

如今再不敢說了。还有什麽。襲人道再不可毀僧謗道。調脂弄
粉。还有更要緊的一件。再不許吃人嘴上擦的胭脂。與那愛紅
的毛病兒。宝玉道都改都改。再有什麽快說。襲人道再也没有
了。只是百事檢点些。不任意任性的就是了。你若果都依了。便
拿八人轎也抬不出我去了。寶玉笑道你这裡長遠了。不怕没
八人轎與你坐。襲人冷笑道这我可不希罕的。有那个福氣。没
那個道理。縱坐了也没甚趣。二人正說着。只見秋紋走進来說
快三更了。該睡了。方纔老太太打發嬷嬷来問。我荅應睡了。寶

玉命取表来看。果然針已指到亥時。方從新盥漱寬衣安歇。不
在話下。至次日清晨。襲人起来便覺身體發重。頭痛目脹。四肢
火熱。先時还扎挣的住。次後捱不住。只要睡着。因而和衣躺在
床上。寶玉忙回了賈母傳醫胗視。説道不过偶感風寒。一两剂
藥。踈散踈散就好了。開方去令人取藥来煎。好。剛服下去。命他
蓋上被渥汗。寶玉自去黛玉房中来看視。彼時黛玉自在床上歇
午。丫環們皆出去自便。滿屋内靜悄悄的。宝玉揭起綉線軟簾。
進入裡間只見黛玉睡在那裡。忙走上来推他道。好妹妹纔吃

十五

了飯又睡覺。那黛玉見是寶玉。因問(答)道你且出去逛逛。我前兒鬧了一夜。今兒还沒有歇过来。渾身酸疼。寶玉道酸疼事小。睡出来的病大。我替你解悶混过困去就好了。黛玉只合着眼說道我不困。只畧歇歇兒。你且別處去鬧會子再来。寶玉推他道我往那里去呢。見了別人就怪膩的。黛玉听了。嗤的一声笑道。你既要在这裡。那边去老老寔寔的坐着。咱們說話兒。寶玉道我也歪着。黛玉道你就歪着。寶玉道沒有枕頭。咱們在一個枕頭上。黛玉道放屁。外頭不是枕頭。拿一個来枕着。宝玉出至外間。看了一看。回来笑道。那個我不要他。也不知是那個贓婆子的。黛玉听了。睁開眼。起身笑道。真真你就是我命中的天魔星。請枕这一個。說着將自己枕的推與寶玉。又起身自己再拿了一個來自己枕了。二人對面方倒下。黛玉因看見宝玉左边腮上。有鈕扣大小的一塊血漬。便欠身湊近前來以手撫之。細看。又道这又是誰的指甲刮破了。寶玉側身一面躲。一面笑道。不是刮的。只怕是纔剛替他們淘漉胭脂膏子。擂上了一点兒。說着便找手帕子要揩拭。黛玉便用自己的帕子替他揩拭了。口內說道你又幹这些事了。幹也罷了。必定还要帶出幌子来。便是旧旧看不見。別人看見了。又當奇事新鮮話兒。去學舌討好兒。吹到舅舅耳朵。又大家不干凈。惹氣。寳玉揔未听了这些話。只聞得一股幽香。却是從黛玉袖中發出。聞之令人醉魂酥骨。寳玉一把便将黛玉袖拉住。要瞧瞧籠着何物。黛玉笑道冬寒十月。誰帶什麼香呢。寳玉笑道既如此。这香是那裡来的。黛玉說連我也不知道。想必是櫃子裡頭的香氣。衣服上燻染的。也未可定。宝玉揺頭道未必。这香的氣味奇怪。不是那些香餅子香毬子香袋子

的香。黛玉冷笑道。難道我也有什麼羅汗真人給我些奇香不
成。便是得了奇香。也没親哥哥親兄弟弄了花兒朶兒霜兒雪
兒替我炮製。我有是那些俗香罷了。宝玉笑道。凡我說一句。你
就拉上这麼些。不給你個利害。也不知道。從今兒可不饒你了。
說着翻身起来。將兩隻手呵了兩口。便伸向黛玉膈肢窩内脇
下乱撓。黛玉素性觸癢不禁。宝玉兩手伸来撓。便笑的喘不过
氣来。口裡說寶玉你再鬧。我就惱了。宝玉方住了手笑問道。你
还說这些不說了。黛玉笑道再不敢了。一面理鬢笑道。我有奇香。

十七

你有暖香没有。寶玉見問。一時解不来。因問什麼暖香。黛玉点頭笑道。蠢才蠢才。你有玉。人家就有金来配你。人家有冷香。你就没有暖香去配。宝玉方听出来。宝玉笑道方才求饒。如今又說狠了。說着又去伸手。黛玉忙笑道好哥哥。我可不敢了。宝玉笑道便饒了你。只把袖子我聞一聞。說着便拉了袖子籠在面上。聞個不住。黛玉奪了手道。这你好去了。寶玉笑道去。不能咱們厮厮文文的躺着說話兒。說着復又倒下。黛玉也倒下。用手帕子蓋上臉。宝玉有一搭没一搭的說些鬼話。黛玉只不理。宝玉

問他几歲上京。路上有何景致古蹟。揚州有何遺蹟故事。土俗
民風。黛玉只不荅。寶玉只怕他睡出病来。便哄道噯喲。你們揚
州衙門裡有一件大故事。你可知道。黛玉見他說的鄭重。且又
正言厲色。只當是真事。因問什麽事。宝玉見問。忍着笑。順口謅
道。揚州有一座黛山。黛山上有個林子洞。黛玉笑道就是扯謊。
自来也没听見。寶玉道天下山水多着呢。那裡知道这些不成。
待我說完了你再批評。黛玉道你且說。宝玉又謅林子洞裡有
一群耗子精。那年臘月初七日。老耗子升座議事。因說明日乃

十八

是臘八。世上人都熬臘八粥。如今我們洞中菓品短少。須得剩些。打劫些來方妙。乃拔令箭一支。遣一能幹小耗前去打听。一時小耗回報各處訪察打听已畢。惟有山下庙裡菓米最多。老耗問米有几樣。菓有几品。小耗道米豆成倉。不可勝記。菓品有五種。一紅棗。二栗子。三落花生。四菱角。五香玉。老耗听了大喜。那時点耗前去。乃拔令箭問誰去偷米。一耗便接令箭去偷米。又拔令箭問誰去偷豆。又一耗接令箭去偷豆。然後一一的都各領令去了。只剩了香玉一種。因又拔令箭問誰去偷香玉。只

見一個極小極弱的小耗應道。我願去偷香玉。老耗并衆耗見
見他这樣。恐不諳練。且怯懦無力。都不准他去。小耗道我雖年
小身弱。却是法術無边。口齒伶俐。机謀深遠。此去管比他們偷
的还巧呢。衆耗忙問如何得比他們巧呢。小耗道我不學他們
直偷。我只摇身一变。也变個香玉。滚在香玉堆裡。使人看不出听
不見。却暗暗用分身法搬運。漸漸的就搬運盡了。豈不比直偷
硬取的巧些。衆耗听了都道妙妙。只是不知怎麼個变法。你先
变個我們瞧瞧。小耗听了笑道这個不難。等我变来。說畢摇身

十九

説変。竟変一個最標致美貌的一位小姐。衆耗子忙説変錯了。原説変菓子的。如何変出小姐来。小耗現形道。我説你們沒見識食面。只認的菓子是香玉。郤不知林老爺的小姐。纔是真正香玉呢。黛玉听了。番身爬起来。按着寶玉笑道。我把你爛了嘴的。我就知道你是編我呢。説着便擰的宝玉連連的央告。説好妹妹饒我罷。再不敢了。我因為聞你的香。忽然想起这故典来。黛玉笑道。饒罵了人。还説是典呢。一語未了。只見宝釵走来。笑問誰説故典呢。我也听听。黛玉忙讓坐。笑道。瞧瞧还有誰。他饒罵了人。还還説是故典。宝釵笑道原來是寳兄弟。怨不得他。他肚子裡的故典原多。只是可惜一件。凢該用故典之時。他偏就忘了。有今日記得的。前兒夜裡的芭蕉詩。就該記得。眼面前倒想不起來。别人冷的那様。你急的只出汗。这會子偏又有記性了。黛玉听了笑道。阿彌陀佛。倒底是我的姐姐。你一般也遇見對子了。可知一还一報。不爽不錯的。剛説到这里。只听宝玉的房中一片聲嚷。吵鬧起來。要知端底。下回分解。

二十

紅楼夢第二十回

王熙鳳正言彈妬意　林黛玉巧語學嬌音

話説寶玉在林黛玉房中説耗子精寶釵撞來諷刺寶玉元宵不知芭蕉之典三人正在房中互相訊刺取笑那宝玉正恐林黛玉飯後貪眠一時存了食或夜間走了困皆非保養身體之法幸而寶釵走來大家談笑那林宝〔黛〕玉方不欲睡自己纔放了心忽聽他房中嚷起來大家側耳听了一听林黛玉先笑道这是你媽媽和襲人叫呢那襲人也罷了你媽媽再要認真排場

一

他。可見老背晦了。寶玉忙要赶过来。寶釵忙一把拉住道。你别和你媽媽吵纔是。他老糊塗了。倒要讓他一步為是。宝玉道我知道了。説畢走来。只見李嬷嬷拄着拐棍。在當地罵襲人忘了本的小娼婦。我抬舉起你来。這會子我来了。你大模大樣的躺在床上。見我来也不理一理。一心只想狐媚子哄寶玉。哄的寶玉不理我。聽你們的話。你不过是几两臭銀子買来的毛丫頭。这屋裡你就作耗。如何使得。好不好拉出去配一個小子。看你还妖精似的哄宝玉不哄。襲人先知道李嬷嬷不过為他躺着生

氣。少不得分辯說病了纔出汗。朦着頭。原没看見你老人家等

話。後来只當（管）听他說哄宝玉粧狐媚。又說配小子等。由不得又

愧又委曲。禁不住哭起来。寶玉雖听以（了）这些話。也不好怎樣。少

不得替襲人分辯病了吃藥等語。又說你不信只問別的丫頭

們。李嬷嬷听了这話。益發氣起来了。說道你護着那起狐狸。那

里認得我了。叫我問誰去。誰不帮着你呢。誰不是襲人拿下馬

来的。我都知道那些事。我只和你在老太太跟前去講講。把你

奶了这麽大。到如今吃不着奶了。把我丢在一傍。逞着丫頭要

二

我的。一面說、一面也哭起來。彼時黛玉寶釵等也走过劝說。媽

媽。你老人家担待他們一点子就完了。李媽媽見他二人来了。便

拉住訴委曲。將當日吃茶茜（攆）雪。與昨日酥酪等事。嘮嘮叨叨說

个不清（了）。可巧鳳姐正在上房箕（算）完輸贏賬。听的後面聲音嚷動。

便知是李嬷嬷老病發了。排揎宝玉的人。正值他今（日）輸了錢。迁

怒于人。便連忙赶过来。拉了李嬷嬷笑道。好嬷嬷別生氣。大節

下老太太纔喜歡了一日。你是丁老人家。別人高聲。你还管他

們呢。難道你反不知規矩。在这理嚷起来。叫老太太生氣不成。

你只説誰不好。我替你打他。我家裡燒的滾熱的野味。快来跟
我吃酒去。一面説。一面拉着走。又叫豐兒替你李奶奶拿着拐
棍子。擦眼的手帕子。那嬤嬤脚不沾地跟了鳳姐走了。一面还
説我也不要这老命了。索性今見没了規矩鬧一塲子。討了没
臉。強如受那娼婦蹄子的氣。後面宝釵黛玉隨着。見鳳姐兒这
般。都拍手笑道。这一陣風来。把個老婆子撮了去。宝玉点頭嘆
道。这又不知是那裡来的賬。只揀軟的排揎。昨兒又不知是那
個姑娘得罪了。上在他賬上。一句未了。晴雯在傍笑道。誰又不

三

瘋了。得罪他作什麽。便得罪了他。就有本事承認。不犯帶累別
人。襲人一面哭一面拉寶玉道。為我得罪了一個老奶奶。你這
會子又為我得罪這些人。這還不彀我受的。還只是拉別人。宝玉
見他這般病勢。又添了這些煩惱。連忙忍氣吞聲。安慰他仍旧
睡下出汗。又見他湯熱火燒。自已守他。歪在傍边。劝他養着病。別
想着些沒要緊的事生氣。襲人冷笑道。要為這些事生氣。這屋
裡一刻還站不得了。但只是天長日久。只管這樣。可叫人怎樣
纔好呢。時常我劝你別為我們得罪人。你只顧一時為我們那樣。

他們都記在心裡○遇着坎兒○說不好听的○大家什庅意思○一面
說一面禁不住流泪○只怕寶玉煩惱○只淂又勉强恐着○一時雜
使的老婆子○煎了二和藥来○寶玉見他纔有汗意○不肯叫他起
来○自己端着就枕與他吃了○即命小丫頭子們鋪炕○襲人道你
吃飯不吃飯○倒底老太太太太跟前坐一坐○和姑娘們頑一會
子再来○我就靜靜躺一躺也好○宝玉听說只得替他去了簪環○
看他躺下○自往上房来同賈母吃畢飯○賈母猶欲同那几个骨
家嬷嬷鬪牌解悶○寶玉記着襲人○便回至房中○見襲人朦朦睡去○

四

自已要睡○天氣尚早○彼時晴雯綺霰秋紋碧痕都尋熱鬧○找夗
央琥珀等要戲去了○獨見麝月一个人在外間房裡燈下抹骨
牌○宝玉笑問道○你怎広不同他們頑去○麝月道沒有錢○宝玉道
床底下堆着那麼些○还不穀你輸的○麝月道都頑去了○这屋裡
交給誰呢○那一個有病了○滿屋裡上頭是灯○地下是火○那些老
媽媽子們勞天拔地伏服侍一天○也該叫他歇歇○小丫頭子們○也是
伏服侍一天○这會子还不叫他們頑去○所以讓他們都去罷○我在
这裡○宝玉听了这話○公然又是一個襲人○因笑道我在这裡坐

着。你放心去罷。麝月道你既在这裡。越發不用去了。偺們兩个
說話頑笑豈不好。宝玉笑道兩個作什麽呢。怪没意思的。也罷
了。早上你頭癢癢。这會子没什庅事。我替你篦頭罷。麝月听見
便道就是这樣。說着將文具鏡匣搬來。卸去釵釧。打開頭髮。宝
玉拿了篦子。替他一一的梳篦了三五下。只見晴雯忙忙走進
來取錢。一見他兩個。便冷笑道。哦。文杯盞还没吃。倒上頭了。宝
玉笑道你來。我也替你篦一篦。晴雯道我没那(們)大福。說着拿了
錢。便摔簾子出去了。寶玉在麝月身後。麝月對鏡。二人在鏡内

五

相視。宝玉便向鏡内笑道。滿屋裡就只是他磨牙。麝月听說。忙
也向鏡中擺手。宝玉會意。忽听的唿的一聲簾子响。晴雯又跑
進来問道。我怎庅磨牙了。咱們到淂說說。麝月笑道。你去你的
罷。又来問人了。晴雯笑道你又護着。你們那瞞身（神）弄鬼的。我都
知道。等我撈回本兒来。再說話。說着一經出去了。这裡宝玉通（同）
了（了）頭。麝月悄悄的伏（服）侍他睡下。不肯驚動襲人。已是無話。至次
日清晨起来。襲人已是夜間發了汗。覺淂身子輕省了些。只吃
些米湯靜養。宝玉放心。因飯後走到薛姨媽这边来閒逛。彼時

正月内學房中放年學。閨閣中忌針。却是閑時。因賈環也过来頑。正遇見宝釵與香菱鶯兒三個人赶圍棋作耍。賈環見了也要頑。宝釵素日看他亦如宝玉。並没他意。今兒听他要頑。讓他上来坐了一處頑。一磊十个錢。頭一回自己贏了。心中十分喜。誰知後来接連輸了九盤。便有些着急。赶着这盤正該自己擲骰子。若擲個七点便贏。若擲個六点。下該鶯兒三点就贏了。因拿起骰子。恨命一擲。一个坐定了五。那一個乱轉。鶯兒拍着手只叫么。賈環瞪着眼六七八混叫。那骰子偏生轉出么来。賈環

六

急了。便伸手抓起骰子来。然後就拿錢。說是个六点。鶯兒便說明明是个么。宝釵見賈環急了。便瞅鶯兒說道越大越沒規矩。難道爺們还賴你。还不放下錢来呢。鶯兒滿心委曲。見宝釵說。不敢則聲。只得放下錢来。口内嘟囔說。一個做爺的还賴我們这几個錢。連我們也放不在眼裡。前兒和宝玉頑。他輸了那些。也沒着急。下剩的錢还是几个小丫頭子們一搶。他一笑就罷了。寶釵不等說完。連忙斷喝。賈環道我拿什広比宝玉呢。你們怕他。都和他好。都欺負我不是太太養的。說着便哭了。宝釵忙劝他好兄弟。快别説这話。人笑話你。又罵鶯兒。正值宝玉走来。
見了这般形况。問是怎広了。賈環不敢則聲。宝釵素知他家規
矩。凡做兄弟的都怕哥哥。却不知宝玉是不要人怕他的。也想
着弟兄們一併都有父母教訓。何必我多事反生踈了。况且我
是正出。他是庶出。饒这様还有人背後議論。还禁轄治他了。更
有個獃意思在心裡。你道是何獃意。因他自幼姊妹叢中長大。親
姊妹有元春探春。伯叔的有迎春惜春。的親戚中又有史湘云
林黛玉薛宝釵等諸人。他便料定原来天生人為萬物之灵。凡

七

山川日月之精秀。都聚于女兒。鬚眉男子。不过是些渣滓濁沫
而已。因有这个歎念在心。把一切男子都看成混沌濁物。可有
可無。只是父親伯叔兄弟中。因孔子是亘古第一人。説不得不
可忤慢。只得要听他这句話。所以弟兄之間。不过尽其大概的
情理就罷了。並不想自己是丈夫。須要為子弟之表率。是以賈
環等都不怕他。却怕賈母。纔讓他三分。如今宝釵生怕宝玉教
訓他没意思。便連忙替賈環掩飾。宝玉道大正月裡哭什庅。这
里不好。你别處頑去。你天天念書到念糊塗了。譬如这件東西

不好。横竖那一件好。就弃了这件取那個。難道你守着这個東西哭一會子。就好不成。你原是来取樂頑的。既不能取樂。就往别處去再尋樂頑去。哭一會子。難道算取樂頑不成。倒招自已煩惱。不如快去為是。賈環听了。只得回来。趙姨娘見他这般。因問又是那里墊了踹窩来了。一問不答。再問時賈環說同宝姐姐頑的。鶯兒欺負我。賴我的錢。宝玉哥哥攆我来了。趙姨娘啐道。誰叫你不省。自去下流。没臉的東西。那里頑不得。誰叫你跑了去。討没意思。正說着。可巧鳳姐在窓外过。都听在耳内。便隔

八

窓説道。大正月又怎庅了。環兄弟小孩子家。一半点錯了。你只
教道他。説这些閑話做什庅。凴他怎庅去。还有老爺太太管他
呢。就大口啐他。他現是主子。不好了横竪有教道他的人。與你
什庅相干。環兄弟出来跟我頑去。賈環素日怕鳳姐比怕王夫
人更甚。听見吽他。忙唯唯的出来跟着頑去。趙姨娘也不敢則
聲。鳳姐向賈環道。你也是個没氣性的。時常説給你要吃要喝
要頑要笑。只愛同那一個姐姐妹妹哥哥嫂子頑。就仝那個頑。
你不听我的話。反教这些人教的歪心邪意的狐媚子覇道的。

自己不尊重。要往下流裡走。安着壞心。还只管怨人家偏心。輸了几個錢。就这庅個樣兒。賈環見問。只得諾諾的回說輸了一二百錢。鳳姐道。你还是爺。輸了一二百錢就这樣。回頭叫豊兒去取一吊錢來。姑娘們都在後頭頑呢。把他送了頑去。你明兒再这庅下流狐媚子。我先打了你。打發人告訴學裡。皮不揭了你的。為你这個不尊重。恨的你哥哥牙疼。不是我攔着。窝心脚把你的腸子窝出來了。喝命去罷。賣(賈)環喏喏的跟了豊兒。得了錢自去和迎春等頑去。不在話下。且說宝玉正和宝釵頑笑。忽

九

見人說史大姑娘来了。宝玉听了抬身就走。宝釵笑道。等着偺們兩個一齊走。瞧瞧他去。說着下了炕。同宝玉一齊来至賈母这边。只見史相云大說大笑的。見他兩個来。忙問好。又見正值林黛玉在傍。因問宝玉在那里来。宝玉便說在宝姐姐家裡。黛玉冷笑道我說你果在那裡絆住。不然早就飛了来。宝玉笑道只許同你頑。替你解悶兒。不过偶然去淌一淌。就說这話。黛玉道好沒意思的話。去不去管我什庅事。我又沒叫你替我解悶兒。可許你從此不理我呢。說着便賭氣回房去了。宝玉忙跟了

来。問道好姐姐（妹々）又生氣了。就是我説錯了。你倒底也还坐在那
里和别人説笑一會子。又来自己納悶。林黛玉道你管我呢。宝
玉笑道我自然不敢管你。但只没個看着你自已作踐壊了身
子呢。林黛玉道我作踐壊了自身。我死與你何干。宝玉道何苦
来。大正月裡。死了活了的。黛玉道偏説死。我这會子就死。你怕
死。你長命百歲的如何。宝玉笑道要像只管这樣鬧。我还怕死
呢。到不如死了干净。林黛玉忙道正是了。要是怎樣鬧。不如死
了干净。宝玉道我説我自已死了干净。别听錯了話賴人。正説

十

着○宝釵走来道○史大妹妹等你呢○説着便推宝玉走了○这裡黛玉越發氣悶○只向窗前流泪○没兩盞茶的工夫○宝玉仍来了○黛玉見了○越發抽抽噎噎的哭个不了○宝玉見了这樣○知難挽回○打疊起千百樣的款語温言来劝慰○不料自已未張口○只見黛玉先説道你又来做什広○横竪如今有人和你頑○比我又會念又會做○又會寫○又會説笑○又怕你生氣○拉了你去○你又做什広来○死活凴我去罷了○宝玉听了○忙上来悄悄的説道○你这広个○明白人○難道連親不閒踈○先不拒後也不知道○我雖糊塗○却明白

这两句話。頭一件咱們是姑舅姊妹。宝姐姐是两姨姊妹。論親戚他比你踈。第二件你先来。偺們两丁一桌吃。一床睡。長的这麼大了。他是纔来的。豈有個為他踈你的。黛玉啐道。難道為我叫你踈他。我成丁什庅人了呢。我為是我的心。宝玉道我也是為的是我的心。你的心难道你就知你的心。不知我的心不成。黛玉听道〔了〕低道〔頭〕。一語不發。半日說道。你只怨人行動嗔怪了你。你再不知道你自己慪的人难受。就拿今日天氣来比。分明今見冷的这樣。你怎庅到反把丁青肷皮褂脱了呢。宝玉笑道何

士

嘗不穿着。見你一恼。我一炮燥就脫了。林黛玉听道。回来傷了
風。又謨餓的吵吃的了。二人正說着。只見湘云走来笑道。二哥
哥。林妹妹。你們天天一處頑。我好容易来了。也不理我一理兒。
林黛玉笑道。偏是咬舌子愛說話。連个二哥哥也叫不出来。只
是愛哥哥愛哥哥的。回来赶圍棋兒。又謨你鬧么愛三四五了。
宝玉笑道你學慣了他。明兒連你还咬起[话]来呢。史湘云道他再
不放人一点兒。專挑人的不好。你自己便比世人好。也犯不着
見一个打趣一个。我指出一個人来。你敢挑他。我就服你。黛玉

忙問道是誰。湘云道你敢挑宝姐姐的短處。就算你是好的。我算不如你。他怎庅不及你呢。林黛玉听了冷笑道。我道是誰。原来是他。我那裡敢挑他呢。宝玉不等説完。忙用話分（岔）開。湘云笑道一輩子我自然比不上你們。我只保佑着明見得一個咬舌的林姐夫。時時刻刻你可听了受用去。阿彌陀佛。那纔現在我眼里。説的衆人一笑。湘云忙回身跑了。要知端詳。下回分解。

十二

紅樓夢第二十一回

賢襲人嬌嗔箴寶玉　俏平兒軟語救賈璉

話說史湘雲跑了出來○怕代玉趕上○寶玉在後忙說仔細絆跌了○那裡就趕上了○代玉趕到門前○被寶玉叉手在門框上攔住○笑勸道饒他這一遭罷○代玉搬着手說道○我饒過雲兒呢○再不活着○湘雲見寶玉攔住門○料代玉不能出來○便立住腳笑道好姐姐○饒我這一遭罷○恰至寶釵來○在湘雲身後○也笑道我勸你兩個看寶玉弟分上○都丢開手罷○代玉道我不依○你們是一氣

一

的。都虧(戲)弄我不成。寶玉勸道誰敢戲(虧)弄你。你不打趣他。他焉敢
說你。四人正難分解。有人來請吃飯。方往前邊來。那天早又掌
燈時分。王夫人李紈鳳姐迎探惜等。都往賈母這邊來。大家閒
話了一回。各自歸請(寢)。湘雲仍往代玉房中安歇。寶玉送他二人
到房。那天已二更多時。襲人來催了幾次。方回自己房中去睡。
次日天方明時。便披衣靸鞋。往代玉房中來。時不見紫鵑(鵑)翠褸(縷)
二人。只有他姐妹兩個。尚淌在衾內。那代玉嚴嚴密密裹着一
幅杏子紅綾被。安穩合目而睡。那史湘雲却一把青絲拖于枕

畔被只齊胸一湾雪白的膀子掠于被外又帯着两個金鐲子寶玉見了嘆道睡覺還是不老寔回來風吹了又嚷肩疼了一面說一面輕輕的替他蓋上代玉早已醒了覺得有人就猜疑定是寶玉因翻身一看果中其料因說道這麼早就跑過来作什麼寶玉笑道這天還早呢你起來瞧瞧代玉道你先出去讓我們起来寶玉聽了轉身出至外間代玉起来叫醒湘雲二人都穿了衣服寶玉復又進来坐在鏡臺傍邊只見紫鵑(鵑)雲(雪)雁進来伏侍梳洗湘雲洗了面翠楼(縷)便拿殘水要潑寶玉道站着我

趂勢洗了就完了。省得又過去費事。說着便走過來灣腰洗了兩把。紫鵑遞過香皂去。寶玉道這盆裡的就不少。不用搓了。又洗了兩把。便要手巾。翠縷道還是這個毛病兒。多早晚才改。寶玉也不理。忙忙的要了青鹽擦了牙。漱了口。完畢。見湘雲已梳完了頭。便走過來笑道。好妹妹替我梳上頭罷。湘雲道這可不能了。寶玉笑道好妹妹。你先時怎麼替我梳來呢。湘雲道如今我忘了怎麼梳呢。寶玉道橫豎我不出門。又不帶冠子絡子。不過打几根散辮子就完了。說着又千妹妹萬妹妹的央告。湘雲

只得扶他的頭過來一一梳篦在家不帶冠並不總角只得四
圍短髮編成小辮往頂心髮上歸了總編一根大辮子紅縧結
住自髮頂至辮稍一路四顆珍珠下面有金墜的湘雲一面編
着一面說道這珠子只三顆了這一顆不是的我記得是一樣
的怎麽少了一顆寶玉道丟了一顆湘雲道必定是外頭去掉
了來不防被人揀了去到便宜他代玉一傍洗手冷笑道也不
知是真丟了也不知是給了人廂什麽帶去了寶玉不荅因鏡
臺兩邊俱是粧奩等物順手拏起來賞頑不覺順手拈了胭脂

三

意欲要往口送。因又怕雲湘說。正犹豫間。湘雲果身後看見。一
手摘着辮子。便伸手来拘的一下。從手中將胭脂打落。說道這
不長進的毛病兒。多早才改。一語未了。只見襲人進来。看見這
般光景。知是梳洗過了。只得回来自巳梳洗。忽見寶釵走来。因
問寶兄弟那去了。襲人含笑道。寶兄弟那里還有在家的工夫。
寶釵聽說心中明白。又聽襲人嘆道。姊妹們和氣也有個分寸
禮節。也没個黑家夜白日鬧的。憑人怎麼勸。都是耳傍風。寶釵聽
了。心中暗忖道。到別看錯了這個了頭。聽他說話到有見識。寶

釵便在炕上坐了。慢慢的閑言中套問他年紀家鄉等語。留神窺察其言語志量。甚可敬愛。一時寶玉來了。寶釵才出去。寶玉便問襲人道。怎麼寶姐姐合你說的這麼熱鬧。見我進來就跑了。問一聲不答。再問時。襲人方道你問我麼。我那里知道你們的原故。寶玉聽了這話。見他臉上氣色非往日可比。便笑道怎麼動了真氣。襲人冷笑道我那里敢動氣。只是從今已後。別進這屋子了。橫豎有人伏侍你。再不必來支使我。我仍舊還伏侍老太太去。一面說。一面就在炕上合眼倒下。寶玉見了這般景

況。深為駭異。禁不住赶来勸慰。那襲人只管不理。寶玉没了主
意。因見麝月進来。便問道你姐姐怎麼了。麝月道我知道怎麼。
問你自已便明白了。寶玉聽說。呆了一回。自覺無趣。便起身咳
道不理罷。我也睡去。說着便起身下炕。到自已床上歪着去了。
襲人聽他半日無動靜。微微的打呼。料他睡着。便起身拿一領
斗篷来替他剛壓上。只聽忽的一聲。寶玉便翻過去。也仍合眼
粧睡。襲人明知其意。便点頭冷笑道。你也不用生氣。從此後我
也只當啞子。再不說你一聲兒如何。寶玉禁不住起身問道。我

又怎麼了○你又勸我○你勸我也罷了○才剛又沒見你勸我○一進
來○你就不理我○賭氣睡了○我還摸不着是爲什麼○這會子你又
說我惱了○我何從聽見你勸我是什麼話呢○襲人道你心里還
不明白○還着我說呢○正鬧着○賈母差人來喚他吃飯○方在（才）往那
邊來胡亂吃了半碗○仍回自己房中○只見襲人睡在外頭炕上○
麝月在傍抹骨牌○寶玉素知麝月與襲人親厚○一並連麝月也
不裡○揭起軟簾子往里間來○麝月只得跟進來○寶玉便推他出
去○說不敢驚動你們○麝月只得笑着出來○喚兩個小丫頭進來○

五

寶玉拏着本書歪着看了半天。因要茶。擡頭只見兩個小丫頭地下站着。一個大些的生的十分水秀。寶玉便問你叫什麽名字。那丫頭便說叫蕙香。寶玉便問是誰起的叫蕙香呢。又問你姊妹幾個。蕙香道四個。寶玉道你第幾。蕙香道第四。寶玉道明兒就叫第四兒。不必什麽蕙香蘭氣的。那一個配比這些花兒。没的玷辱了好名好姓。一面說。一面命他到了茶来吃。襲人合麝月在外間聽了。抿嘴而笑。這一日寶玉也不出房。也不合姊妹丫頭等廝閙。自己悶悶的。只不過拿書解悶。或弄筆墨。也不使喚衆人只叫四兒答應誰知這個四兒是個聰敏乖巧不過的丫頭見寶玉用他他便籠絡寶玉至晚飯後寶玉因吃了兩杯酒眼餳耳熱之際若往日則有襲人等大家喜笑有興今日都冷清清的一人對灯好没興趣待要赶了他們去又怕他們得了意已後越来勸若拿出作上的規矩来鎮唬似乎無情太甚說不得橫心只當他們死了橫竪自然也要過的只得當他們死了毫無牽掛反怡然自悅因命四兒剪灯烹茶自己看了一回南華經正看至外篇胠篋一則其文曰故絶聖棄知大盗

六

乃止擿玉毁珠。小盗不起。焚符破璽而民朴鄙。剖斗折衡而民
不争。殚残天下之聖法。而民始可與論議。擢亂六律。鑠絶竽瑟。
塞瞽曠之耳。而天下始人含其聰矣。滅文章。散五彩。膠离朱之
目。而天下始人含其明矣。毁絶鉤繩。而棄規矩。攦工倕之指。而
天下始人有其巧矣。看至此意趣洋洋。趂着酒興。便提筆續曰。
焚花散麝。而閨閣始人含其幻矣。戕寶釵之仙姿。灰黛玉之靈
竅。喪滅情意。而閨閣之美惡始相類矣。彼含其勸則無參商之
虞矣。戕其仙姿。無戀愛之心矣。灰其靈竅。無才思之情矣。彼釵

玉花麝者。皆張其羅而穴其隧。所以迷眩纏陷天下者也。續華（畢）擲
筆就寢。頭剛着枕便酣然睡去。一夜竟不知所之。直至天明方
醒。翻身看時。只見襲人合衣睡在枕（炕）上。寶玉將昨日之事已付
於意外。便向他說道。起來好好睡。看凍着了。原來襲人見他無
曉無夜合姊妹廝鬧。若直勸。料不能改。故用柔情以警之。料他
不過半日片刻仍復好了。不想寶玉一日夜竟不回轉。自已反
不淂主意。直一夜沒好生睡得。今日忽見寶玉如此。料他心意
回轉。便越性不採他。寶玉見他不應。便伸手給他解衣。剛解開

七

了鈕子。被襲人將手推開。又自扣了。寶玉他無法。只得拉他的
手笑道。你到底怎麼了。連問几聲。襲人睜眼說道。我也不怎麼。
你睡醒了。你自過那邊房里去梳洗。再遲了就趕不上了。寶玉
道我過那里去。襲人冷笑道。你問我。我知道。你愛往那里去
就往那里去。襲人道從今咱們兩個丟開手。省得鷄聲鵝鬥叫
別人笑話。橫竪那邊膩了過來。這邊又有個什麼四兒五兒伏
侍。我們這起東西。可是玷辱了好名好姓的。寶玉笑道你今日
還記着呢。襲人道一百年還記着呢。比不得你拿着我的話當

耳傍風。夜里說了早辰就忘了。寶玉見姣嗔滿面。情不可禁。便向枕邊拏起一根玉簪来。一跌兩股。說道我再不聽你說。就同這個一樣。襲人忙的拾了簪子。說道大清早起。起誓是何苦来。聽不聽什麼要緊。値得這種樣子。寶玉道你那里知道我心里急。襲人笑道你也知道着急麼。可知我心里怎麼樣。快起来洗臉去罷。說着二人方起来梳洗。寶玉往上房去後。誰知代玉走来。見寶玉不在房中。因畨弄案上書看。可巧便畨出昨日的莊子来。看至所續之處。不覺又氣又笑。不禁也提筆續書一絶云。

八

無端弄筆是何人。作踐南華莊子因。

不悔自己無見識。却將醜話怪他人。

寫畢也往上房來見賈母。後往王夫人處來。誰知鳳姐之女大姐病了。正亂着請醫生來胗脉。医生胗過脉。便說替夫人奶奶們道喜。姐兒發熱。是見了喜了。並非別症。王夫人鳳姐聽了。忙遣人問可好不好。醫生回道症雖險。却順。到還不妨。須倫桑虫猪尾要緊。鳳姐聽了登時忙將起來。一面打掃房屋。供奉痘疹娘娘。一面傳與家人忌煎炒等物。一面命平兒打点鋪盖衣服與賈璉隔房。一面又拏大紅尺頭與女子了頭親近人等裁衣。
外面又打掃淨室。欵留兩個醫生輪流斟酌胗脉下藥。十二日
不放回家去。賈璉只得搬出外書房來齋戒。離了鳳姐便要尋
事。獨寢了兩夜。便十分難熬。便暫以小廝們內有清俊的。選來
出火。不想榮國府內有一個極不成氣破爛酒頭廚子。名喚多
官。人見他懦弱無能。却喚他作多渾虫。因他父母自已在外給
他娶了一個女人。今年方二十來往。生得有几分人才。見者無
不羨愛。他生性輕浮。最喜拈花惹艸。多渾虫又不理論。只是有

酒有肉有錢。便諸事不管了。所以榮寧二府之人。都得入手。因
這個媳婦美貌異常。輕浮無比。衆人都呼他作多姑娘兒。如今
賈璉在外熬煎。往日也曾見過這媳婦。失過魂魄。只是內懼姣
妻。外懼孌寵。不曾下得手。那多姑娘也曾有意于璉。只恨没空。
今聞璉挪在外書房來。他便無事也走三两淌去招惹。惹的賈璉
似飢鼠一般。少不得合心腹的小廝們計議。合同遮掩謀求。多
以金帛相許。小廝們焉有不允之理。況都合這媳婦是好友。一
說便成。是夜二鼓人净。多渾虫醉昏在炕。賈璉便溜了來合相

會。進門一見其態早已魄飛魂散。也不用情詼款叙。便寬衣動
作起來。誰知這婦人有天生的奇趣。一經男子粘身。便覺遍身
筋骨癱軟。使男子如卧綿上。更兼淫態浪言。壓倒娼妓。諸男子
至此。豈有惜命者哉。那賈璉恨不能連身子化在他身上。那婦
人故作浪語。說道你家女兒出花兒。供着娘娘。你也該忌兩日。
到為我贜了身子。快離了我這里罷。賈璉一面大動。一面喘吁
吁答道。你就是娘娘。我那裡還管什麽娘娘。那婦人越浪。賈璉
越醜態畢露。一時事畢。兩人又海誓山盟。難分難捨。自此後遂

十

成相契。一日大姐毒盡㾦回。十二日後送了娘娘。合家祭天祀祖。還愿焚香。慶賀放賞已畢。賈璉仍復搬進卧室。見了鳳姐。正是俗語云新婚不如遠別。更有無限的恩愛。自不必煩絮。次日早起鳳姐往上屋去後。平兒收拾賈璉在外的衣服鋪蓋。不承望枕套中抖出一綹青絲來。平兒會意。忙拽在袖內。便走至這邊房裡來。拿出頭髮來向賈璉笑道。這是什麽。賈璉看見有了這個。忙搶上來要奪。平兒便跑。被賈璉一把揪住。按在炕上。掰手要奪。口內笑道小蹄子。你不趁早拿出來。我把你膀子撅折了。

平兒笑道你就是個没良心的。我好意瞞着他來問你。你到賭狠。等他回來我告訴他。看你怎麽。賈璉聽說。忙陪笑央求道。好人賞我罷。我再不賭狠了。一語未了。只聽鳳姐聲音進來。賈璉聽見鬆了手。不是。還要搶又不是。只叫好人别叫他知道。平兒剛起身。鳳姐已走進來。命平兒快開匣子。替太太找樣子。平兒答笑應了。找時。鳳姐見了賈璉。忽然想起來。便問平兒前兒拿出去的東西。都收進來了麽。平兒道收進來了。鳳姐道可少什麽没有。平兒道我也怕丟下一二件。細細查了不少。鳳姐道不少

就好。只是別多出来罷。平兒笑道不丟就是萬幸。誰還多添出
些〻来呢。鳳姐冷笑道。這半個月難保干净。或者有相厚的丟失
下的東西。戒指。汗巾。香袋兒。再至于頭髮。指甲。都是東西。一夕
話說的賈璉臉都黃了。賈璉在鳳姐身後。只望着平兒殺鷄抹
脖使眼色。平兒只粧看不見。因笑道怎麽我的心就合奶奶的
心一樣。我就怕這個。留神細細一搜。竟一点破綻也没有。奶奶
不信時。那些〻東西我還没收呢。奶奶親自再繙尋一遍去。鳳姐
笑道。傻丫頭。他便有這些〻東西。那里就叫偺們繙着呢。言畢拿

了樣子。便送往你不用王夫人房中去了。賈璉見鳳姐出去。便
對平兒說道。怕他（你不用）。等我性子上來。把這醋礶打個稀爛。他才認
得我。呢他防我防賊的。是的。只許他同男人說話。不許我合女
人說話。我合女人料（略）近些。他就疑惑。他不論小叔子侄兒。大的
小的。說話（說）笑笑。就不怕我吃醋了。已後我也不許他見人。平見
道他醋你使得。你醋他使不得。他原行的正。走的正。你行動便
有了坏（壞）心。連我也不放心。別說是他。賈璉道你兩個一口賊氣。
都是你們行的是。我凡行動都存壞心。多早晚都死在我手裡。

一句来了。鳳姐走進院来。因見平兒在窓外。就問道要說話兩
個人不在屋裡說。怎麽䠀绝出一個来隔着窓子。是什麽意思。賈
璉在窓內接道。你可問他。到象屋裡有老虎吃他呢。平兒道屋
裡一個人没有。我在他根前作什麽。鳳姐笑道正是没人才好
呢。平兒聽說。便說道這話是說我呢。鳳姐笑道不說你說誰。平
兒道別叫我說出好話來呢。說着也不打簾子讓鳳姐走。自己
先撒簾子進来。往那边去了。鳳姐自撒簾子進来。說道平兒瘋
魔了。這蹄子認真要降伏我。仔細你的皮要緊。賈璉聽了已絕

倒炕上。拍手笑道。我竟不知平兒這麼利害。從此到服他了。鳳姐道都是你慣的他。我只合你說話。賈璉道聽說道。怎麼你兩個兩不卯睦。又挐我來作人。我躲開你。鳳姐道我看躲到那裡去。賈璉道我就來。鳳姐道我有話合你商量。不知商量何事。且聽下回分解。

紅樓夢第二十二回

聽曲文寶玉悟禪機　製燈謎賈政悲讖語

話說賈璉聽鳳姐說有話商量。因止步問是何話。鳳姐道：二十一日是薛妹妹的生日。你倒底怎麽樣。賈璉道：我知道怎麽樣。你連多少大生日都料理過去了，這會子到沒了主意了。鳳姐道：大生日料理，不過是一定的則例在那裡。如今他這生日大又不是，小又不是，所以合你商量。賈璉聽了低頭想了半日道：今兒你糊塗了。現有比例在那裡，那林妹妹就是例。往年怎麽

一

給林妹妹辦過。如今也照依給薛妹妹就是了。鳳姐聽了冷笑
道。我難道連這個也不知道。原也是這麼想定了。但昨兒聽見
老太太說問起大家的年紀生日來。聽見薛大妹妹今年十五
歲。雖不是正生日。也筭得將筭之年。老太太說要替他作生日。
想来若果真替他作生日。自然比往年與林姑娘的不同了。賈
璉道既如此。就比林妹妹的多增些。鳳姐道我也這麼想着。所
以討你的口氣。我若私自添了東西。你又怪我不告訴明白了。
就自己作主意了。賈璉笑道罷罷。這空頭情我不領。你不盤察

我就彀了我還怪你說着就出去了不在話下且說史湘雲住
了兩日因要回去賈母因說等過了你寶妹妹（姐姐）的生日看了戲
再回去湘雲聽了只得又住下了一面遣人回去將自己舊日
作的兩色針線活計取來為寶釵作生辰之儀誰想賈母自見
寶釵來了喜他穩重和平正值他纔過第一個生長（辰）便自己蠲
資二十兩喚了鳳姐來交給他治酒戲鳳姐湊趣笑道一個老
祖宗給孩子們作生日不拘怎樣誰還不遵依既高興要熱鬧
就說不得自己多花上幾兩巴巴的找出這霉爛的二十兩銀

二

子来作東道○這意思還叫我陪上○果然拏不出来也罷了○金的○銀的○圓的○扁的○壓塌了箱子底○只是勒揹我們○舉眼看看誰不是兒女○難道將來只有寶兄弟頂了你老人家上五台山不成○那些梯已只留與他○我們如今誰不配使○也别苦了我們○這個彀酒的彀戲的○説的滿屋裡都笑起来○賈母亦笑道你們聽聽這嘴○我也算會説的○怎麽説不過這猴兒○你婆婆也不強嘴○你合我啊啊的○鳳姐笑道我婆婆也是一樣的疼寶玉○我也没處去訴寃○到説我强嘴○説着又引賈母笑了一會○賈母十分喜悦○

到晚間衆人都在賈母前定昏之餘。大家娘兒姊妹等說笑時。
賈母因問寶釵愛聽何戲。愛吃何物等語。寶釵深知賈母年老
人。喜熱鬧戲文。愛甜爛之食。便總依賈母素日喜者說了出來。
賈母便加歡悅。次日便先送過衣服玩物禮去。王夫人鳳姐代
玉等諸人皆有。隨分不一。不須多記。至廿一日就賈母院中搭
了家常小巧戲臺。定了一班新出小戲子。崑京兩腔皆有。就在
賈母上房排了几桌家晏〔宴〕酒席。無一個外客。只有薛姨媽湘雲
寶釵是客。餘者皆是自己人。這日早起。寶玉因不見黛玉。便到

三

他房中来尋。只見黛玉歪在炕上。寶玉笑道起来吃飯去。就開戲了。你愛看那一齣我点。黛玉冷笑道你既這樣說。你就該特叫一班戲揀我愛的唱給看。我這會子犯不着仰着人借光兒問我。寶玉笑道這有什麽難的呢。明日就這樣行。也叫他們借偺們的光兒。一面說一面拉起他來。携手出去吃了飯。点戲時賈母一定先叫寶釵点。寶釵推讓一遍。無法只得点了一摺西遊記。賈母自是喜歡。然後便命鳳姐点。鳳姐亦知賈母喜熱鬧。更喜謔笑科渾。便点了一齣劉二當衣。賈母果真更有喜歡。然

後便命黛玉。黛玉因讓薛姨媽王夫人等。賈母道今兒原是我
特帶着你們取笑。偺們只管偺們的。別理他們。我巴巴的唱戲
擺酒。為他們不成。他們在這里白聽白吃。已經便宜了。還讓他
們点戲呢。說着大家都笑了。黛玉方点了一齣。然後寶玉湘雲
迎春探春惜春李紈等俱点了。按齣扮演。至上酒席時。賈母又
命寶釵點。寶釵又点一齣魯智深醉鬧五臺山。寶玉說只好点
這些戲。寶釵道你白聽了這几年的戲。那裡知道這戲的好處。
排場又好。詞藻更妙。寶玉道從來怕這些熱鬧。寶釵笑道要說

四

這一齣熱鬧。你還不知戲呢。你過來我告訴你這一齣熱鬧戲。是一套北点絳唇。鏗鏘頓挫。韵律不用說是好的了。那詞藻中有一枝寄生草。填的極妙。你可曾知道呢。寶玉見說的這般好。便湊近来央告好姐姐念與我聽聽。寶釵便念道。慢搵英雄淚。相離處士家。謝慈悲剃度在蓮台下。沒緣法轉眼分離下。赤條條来去無牽掛。那裡討烟蓑雨笠捲单行。一任俺芒鞋破鉢隨緣化。寶玉聽了喜的拍膝畫圈。稱賞不絕。又讚寶釵無書不知。黛玉道安静看戲罷。還沒有唱山門。你到粧瘋了。說的湘雲也

笑了。于是大家看戲。至晚散時。賈母深愛那作小旦的與一個
作小丑的。因命人帶進来。細看時一發可憐見。因問年紀。那小
旦纔十一歲。小丑纔九歲。大家嘆息了一回。賈母令人拏些肉
菓來給他兩個。又另外賞錢兩吊。鳳姐笑道。這個孩子扮上活
像一個人。你們再看不出来。寶釵心内也知道。便只一笑不肯
說。寶玉也猜看了。亦不敢說。湘雲接着笑道。到像林妹妹的模
樣兒。寶玉聽了。忙把湘雲瞅了一眼。使個眼色。衆人却都聽了
這話。留神細看。都笑起来了。說果然不錯。一時散了。晚間湘雲

五

更衣時。便命翠縷把衣包打開收拾。都包了起來。翠縷道忙什
麼。等去的那日再包不遲。湘雲道明兒一早就走。在這里作什
麼看人家鼻子眼睛。什麼意思。寶玉聽了這話。忙赶近前說道
好妹妹。你錯怪了我。林妹妹是個多心的人。別人明知道不肯
說出來。也皆因怕他惱。誰知你不妨頭就說了出來。他豈不惱
你。我是怕你多得罪他。所以纔使眼色。你這會子惱我不但辜
負了我。而且反到委曲了我。若是別人。那怕他得罪十個人與
我何干呢。湘雲摔手道。你那花言巧語別哄我。我也原不如你

林妹妹别人説他拏他取笑都使得只我説了就有不是我原
不配説他他是小姐主子我是奴才丫頭得罪了他使不得寳
玉急得説道我到是為你反為出不是來了我要有外心立刻
化成灰教人踐踏湘雲道大正月里少信嘴胡説這些没要緊
惡誓散語歪話説給那些小性兒行動愛惱人會轄治你的人
聽去别叫我啐你説着一逕至賈母里間房内忿忿的淌着去
了寳玉没趣只得又來尋黛玉剛至門檻前黛玉便推出來將
門關上寳玉又不解何意在窓外只是吞聲叫好妹妹黛玉總

六

不理他。寶玉悶悶。垂頭自審。襲人早知端的。當此時斷不能勸。寶玉呆呆站着。黛玉只當他回房去了。起来開門。只見寶玉還站在那里。黛玉反不好意思。不好再關門。只得抽身上床淌着。寶玉隨進来問道。凡事都有了緣故。說出来。人也不委曲。好好的就惱了。終久是為什庅起。黛玉冷笑道問的我到好。我也不知為什庅。我原是給你們取笑見的。拏着我比戲子。給衆人取笑。寶玉道我並没有比你。我並没有笑你。為什庅惱我呢。黛玉道你還要比。你還要笑。你不比不笑。就比别人比了笑了的還利害呢。寶玉聽說無可分辯不則一聲。黛玉又道這一節還可恕。再你為什麽又和雲兒使眼色。這安的是什麼心。莫不是他合我頑。他就自輕自賤了。他原是公侯的小姐。我原是貧民的了頭。他合我頑。設如我回了口。豈不他是惹人輕賤呢。是這個主意不是。這却也是你的好心。只是那一個偏又不領你這好情。一般也惱了你。又拏我作情。到說我小性兒行動肯惱。你又怕他得罪了我。惱他。我惱他與你何干。他得罪了我。又與你何干。寶玉見說。方知纔與湘雲私談。俱被他聽見了。細想自己原

七

為他二人怕生隙惱。才在中間調和。不想並未調和成功。反自已落了兩處的貶謗。正與前日所看南華經上有功者勞而智者憂。無能者無所求。飽食而遨遊。汎若不繫之舟。又曰山木自寇。源泉自盜等語。因此越想越無趣。再細想來。目下不過這兩個人。尚未應酬妥協。將來猶欲為何。想到其間。也無庸分辯回答。自已轉身回房來。黛玉見他去了。便知回思無趣。賭氣去了。一言也不曾發。不禁自已越發添了氣。便說道這一去。一倍子也別要來。也別說話。寶玉不理。回房躺在床上。只是瞪瞪的。襲人深知原委。不敢說出。只得以他事來解釋。因笑道今日看了戲文。又勾出幾天戲來。寶姑娘一定要還席的。寶玉冷笑道他還不還。管誰什麼相干。襲人見這話不是往日口吻。因又笑道這是怎麼說。好好的大正月裡。娘兒們姊妹們都喜喜歡歡的。你又怎麼這個行景了。寶玉冷笑道。他們娘兒們姊妹們喜歡不喜歡。也與我無干。襲人笑道他們既隨和。你也隨和。豈不大家彼此有趣。寶玉道什麼是大家彼此。他們有大家彼此。我是赤條〻來去無牽掛。談及此句。不覺淚下。襲人見此景況。不肯再說。

寶玉細想這一句的趣味。不禁大哭起來。翻身起來至案前遂提筆立占一偈云。

你證我證。心證意證。是無有證。斯可云證。

無可云證。是立足境。

寫畢。自雖解悟。又恐人看此不解。因此又填一支寄生草。也寫在偈後。自已又念一遍。自覺了無掛碍。中心自得。便上床睡了。

誰想黛玉見寶玉此番果斷而去。故意尋襲人。為由來視動靜。襲人笑回已經睡了。黛玉聽說便要回去。襲人咲道姑娘請站

住有一個字帖兒瞧瞧是什麽話說着便將方才那曲子與偈語
悄悄拏來遞與黛玉看黛玉看了知是寶玉一時感忿而作
不覺可笑可嘆便向襲人道作的是頑意兒無甚關係說畢便
拏了回房去與湘雲同看次日又與寶釵看寶釵看其詞曰無
我原非你從他不解伊肆行無礙憑來去茫茫着甚悲愁喜紛
紛說甚親疎密從前碌碌却因何回頭試想真無趣看畢又看
那偈語又笑道這個人悟了都是我的不是都是我昨日一支
曲子惹出來的這些道書禪機最能移性明兒任真說出這些

瘋話來存。了這個意思。都是從我這一枝曲子上來。我成了個罪魁了。說着便撕了個分碎。遞與了頭們快燒了罷。黛玉笑道不該撕。等我問他。你們跟我來。包管他收了這個痴心邪念。說着三個人果然都往寶玉屋裡來。一進來。黛玉便笑道寶玉呀。我問你至貴者寶。至堅者是玉。爾有何貴。你有何堅。寶玉聽說。竟不能答。三人笑道這樣鈍愚。還參禪呢。黛玉又道你那偈語末。無可云證。是立足境。固然好了。自我看來。還未盡善。我再續兩句在後。因念云無立足境。是方干淨。寶釵道實在這方悟徹。

當日南宗六祖惠能。初尋師至韶州。聞五祖弘忍在黃梅。他便充役火頭僧。五祖欲求法嗣。令徒弟諸僧各出一偈。上座神秀說道。身是菩提樹。心如明鏡台。時時勤拂拭。莫使有塵埃。彼時惠能在廚房碓米。聽了這偈。說道美則美了。則未了。因自念一偈曰。菩提本非樹。明鏡亦非台。本來無一物。何處染塵埃。五祖便將衣鉢傳他。今見這偈語。亦同此意了。只是方才這幾句機鋒。尚未完全了結。這便丟開手不成。黛玉笑道。彼時不能答。就算輸了。這會子答上了。也不為出奇。只是已後再不許談禪。連

十

我們兩個所知的所能的你還不知不能呢還去參禪呢寶玉
自已以為覺悟不想忽被黛玉一問便不能答寶釵又比出語錄
來此皆素不見他們能者自已想了一想原來他們比我的覺
在先尚未解悟我如今何必自尋苦惱想畢便笑道誰又參禪
不過一時頑話罷了說着四人仍復如舊忽然人報忽然娘〻差人
送出一個燈謎來命你們大家去猜猜着了每人也作一個進
去四人聽說忙出至賈母上房只見一個小太監拏了一盞四
角平頭白紗燈専為燈謎而製上面已有一個衆人都爭看亂

猜。太監又下諭道。衆小姐猜着了。不要說出來。每人只暗暗的寫在紙上。一齊封進宮去。娘娘自驗是否。寶釵等聽了近則（前）一看。是一首七言絶句。並無甚新奇。口中少不得稱讚。只說難猜故意尋思。其寔一見便猜着了。寶玉黛玉湘雲探春四個人也都解了。各自暗暗的寫了半日。一并將賈環賈蘭等傳來。一齊各揣機心。都猜了寫在紙上。然後各人拈一物作成一謎。恭楷寫了。掛在燈上。太監去了。至晚出來。傳諭前娘娘所製俱已猜着。惟二小姐與三爺猜的不是。小姐們作的也都猜了。不知是

否。說着也將寫的拏出来。也有猜着的。也有猜不着的。都胡亂
說猜着了。太監又將頒之賜肉之物。送與猜著之人。每人一個宮製
詩筒。一柄茶筅。獨迎春賈環二人未得。迎春自為頑笑小事並
不介意。賈环便覺得没趣。且又聽太監說三爺作的這個不是通。
娘娘也没猜。叫我帶回問三爺是個什庅。眾人聽了。都来看他
作的是什庅。寫道。

大哥有角只八個。　二爺有角只兩根。

大哥只在床上坐。　二哥愛在房上蹲。

衆人看了。大發一笑。賈環只得告訴太監說是一個枕頭。一個
獸頭。太監記了。領茶而去。賈母見元春這般有興。自己越發喜
樂。便命速作一架小巧精製圍屏燈。設于堂屋。命他姊妹們
各自暗暗作了。寫出來粘于屏上。然後預備香細菓以及各色
頑物。為猜着之賀。賈政朝罷。見賈母高興。况在節間。晚上也來
承歡取樂。設了酒菓。備了頑物。上房懸了彩燈。請賈母賞燈取
樂。上面賈母賈政寶玉一席。下面王夫人寶釵黛玉湘雲又一
席。迎探惜三個又一席。地下婆娘了嬛站滿。李宮裁王熙鳳二

人在里間又一席。賈政因不見賈蘭。因問怎么不見蘭哥。地下婆娘忙進里間問李氏。李氏起身笑着回道。他說方才老爺並没去叫他。他不肯來。婆娘回復了。賈政衆人都笑說。天生的人（牛）心古聖（怪）。賈政忙遣賈環與個兩婆娘將賈蘭喚來。賈母命他在身傍坐了。抓菓品與他吃。大家說笑取樂。往常間只有寶玉長談闊論。今日賈政在這里。便唯唯而已。餘者湘雲雖係閨閣弱女。却素喜談論。今日賈政在席。也自箝口禁言。黛玉本性懶與人共。原不肯多話。寶釵原不妄言輕動。便此時已是坦然自若。

故此席雖是家常取樂反見拘束不樂賈母亦知因賈政一人
在此所以之故酒過三廵便攆賈政去歇息賈政亦知賈母之
意攆了自己去後好讓他們姊妹兄弟取樂賈政忙陪笑道今
日聽見老太太大設春燈謎故也偹了彩禮酒席特来入會何
疼孫子孫女之心便不略賜兒子半點賈母笑道你在這裡他
們都不敢說笑没的到叫我悶你要猜謎時我便說一個你猜
猜不着是罰的賈政忙笑道自然要罰若猜着了也要領賞的
賈母道這個自然說着便念道

猴子身輕站樹梢打一菓名
賈政已知是荔枝便故意亂猜别的罰了許多東西然後方猜
着也得了賈母的東西然後也念一個與賈母猜念道
身自端方體自堅硬雖不能言有言必應打一用物
説畢便悄悄的説與寶玉知道寶玉會意又悄悄的告訴了賈
母賈母想了想果然不差便説是硯台賈政笑道到底是老太
太一猜就是回頭説快把賀彩送上來他下面婦女荅應一聲
大盤小盒一齊捧上賈母逐件看去都是燈節下所用之物畫

是頑物的。甚喜。遂命給老爺斟酒。寶玉執壺。迎春送酒。賈母因
說你瞧瞧那屏上。都是他姊妹們做的。你猜一猜我聽。賈政答
應起身。走至屏前。只見第一個寫道。

能使妖魔胆盡摧。身如束帛氣如雷。
一聲震得人方恐。回首相看化成灰（已）。

賈政道。這是炮竹麼。寶玉答道。是。賈政又看道。

天運人功理不窮・有功無運也難逢。
因何鎮日紛紛亂。只為陰陽數不同。

十四

賈政道是算盤。迎春笑道是。又往下看是。

階下童兒仰面時。　清明粧點最堪宜。

遊絲一斷渾無力。　莫向東風怨别離。

賈政道這是風箏。探春笑道是。又向下看道。

前身色相總無成。　不聽菱歌聽佛經。

莫道此生沉黑海。　性中自有大光明。

賈政道這是佛前海燈嘎。惜春笑答道是海燈。賈政心内沉思

道。娘娘所作炮竹。此乃一响而散之物。迎春所作算盤。是打動

亂如麻。探春所作風箏。乃飄飄浮蕩之物。惜春所作海燈。益發清淨孤獨。今宵上元佳節。如何皆作此不祥之物為戲耶。心內愈思愈悶。因在賈母之前。不敢形于色。只得仍勉強往下看去。只見後面寫着七言律詩一首。却是寶釵所作。隨念道。

朝罷誰攜兩袖烟。琴邊衾裏總無緣。
曉籌不用雞人報。五夜無煩侍女添。
焦首朝朝還暮暮。煎心日日復年年。
光陰荏苒須當惜。風雨陰晴任變遷。

十五

賈政看完。心内自忖道。此物還到有限。只是小小之人作此詞
句。更覺不祥。皆非永遠福壽之輩。想到此處。愈覺煩悶。大有悲
戚之狀。因而將適纔的精神減去十之八九。只垂頭沉思。賈母
見賈政如此光景。想到或是他身體勞乏。亦未可定。又兼之恐
拘束了衆姐妹不得高興頑耍。即對賈政云。你竟不必猜了。去
安歇罷。讓我們再坐一會也好散了。賈政一聞此言。連忙答應
幾箇是字。又勉強勸了賈母一回酒。方纔退出去了。回至房中。
只是思索。翻來復去。竟難成寐。不由傷悲感慨。不在話下。且說

賈母見賈政去了便道你們可自在樂一樂罷一言未了早見寶玉跑至圍屏燈前指手畫脚滿口批評這一句不妥那一句不恰當如同開了籠的猴子一般寶釵便道還像適纔坐着說說笑笑豈不斯文些兒鳳姐自裡間忙出来插口道寶兄弟就該老爺每日令你寸步不離方好適纔我忘了為什麼不當着老爺攛掇呌你也作詩謎兒若果如此怕不得這會子正出汗說的寶玉急了在鳳姐前扭股兒糖似的只是廝纏賈母又與李宮裁并衆姐妹說笑了一會也覺有些困倦起來聽了聽已

是漏下四鼓○命将食物撤去○賞散與衆人○随起身道我們安歇
罷○明日還是節下○該當早起明日晚間再須罷○且聽下回分解○

紅樓夢第二十三回

西廂記妙詞通戲語　牡丹亭艷曲警芳心

話説賈元春自那日幸大觀園回宮去後。便命將那日所有的題咏。命探春依次抄録妥協。自巳編次。序其優劣。又命在大觀園勒石。為千古留風雅事。因此賈政命人各處選拔精工名匠。將大觀園磨石鐫字。賈珍率領賈蓉賈萍等監工。因賈薔又管理着文官等十二個女戲。并行頭等事。不大得便。因此賈珍又將賈菖賈菱喚来監工。一日湯蠟釘硃。動起手來。這也不在話

一

下。且說那個玉皇廟並達摩庵兩處。一班的十二個小沙彌。並十二個小道士。如今挪出大觀園來。賈政思想發到各廟去分住。不想後街上住的賈芹之母周氏。正盤筭着也要到賈政這邊謀一個大小事務與兒子管〻。也好弄些銀錢使用。可巧聽見這件事。即便坐轎子來求。鳳姐因見他素日不大拿班作勢的。便依允了。想了幾句話。便回王夫人說。這些小和尚道士。萬不可打發到別處去。一時娘〻出來。就要承應的。倘或散了去。若再用時。可是又費事。依我的主意。不如將他們竟送到咱們

家廟裡鐵檻寺去。月間不過派一個人拿幾兩銀子去買柴買
米就完了。說聲用。去叫來一點兒不費事呢。王夫人聽了便商
之于賈政。賈政聽了笑道到是提醒了我。就是這樣。即時喚賈
璉。〔賈璉〕正同鳳姐吃飯。一聞呼喚。不知何事。放下飯便走。鳳姐一把
拉住笑道。你且站住。聽我說話。若是別的話我不管。若是為小
和尚們的那事。好歹依我這麼着。如此這般。教了一套話。賈璉
笑道我不知道。你有本事你說去。鳳姐聽了把頭一梗。把筷子
一放。腮上似笑的瞅着賈璉道。你當真的。是頑話。賈璉笑道西

二

廊下五嫂子的兒子芸兒。来求了我兩三遭要個事情管〻我。
依了叫他等着。好容易出來這件事。你奪了去。鳳姐笑道你放
心。園子東北角子上。娘〻說了還叫多〻的種些松柏樹。楼底
下還叫種些個花草。等這件事出來。我管包叫芸兒管這件工
程。賈璉道果然這樣。到也罷了。只是昨晚上。我不過是要改了
樣子。你就扭手扭脚的。鳳姐聽了。嗤的一聲笑了。向賈璉啐了
一口。低下頭便吃飯。賈璉一徑笑着去了。到了前面見了賈政。
果然是小和尚一事。賈璉便依了鳳姐主意。說到如今看來芹

兒到大〻的出息了。這件事竟交與他去管理。橫竪照在裡頭
的規矩。每月叫芹兒支領就是了。賈政原不大理論這些事。聽
賈璉如此說。便如此依了。賈璉囬到房中告訴了鳳姐兒。鳳姐
即命人去告訴了周氏。賈芹便來見賈璉夫妻兩個。感謝不盡
鳳姐。鳳姐又作情央賈璉先支三个月的。叫他寫了領字。賈璉
批票画了押。登時發了對牌出來。到銀庫上按数發出三個月
供給来。白花〻二三百兩。賈芹隨手拈一塊撂與掌平的人。叫
他們吃了茶罷。于是命小廝拿了回家。與母親商議。商議登時

僱了大脚驢。自已騎上。又僱了幾輛車子。至榮國府角門前。喚出二十四個人來。坐上車一逕往城外鐵檻寺去了。當下無話。

如今且說賈元春因在宮中自編大觀園題咏之後。忽想起大觀園景致。自已幸過之後。賈政必定敬謹封鎖。不敢使人進去搔擾。豈不寥落。况家中現有幾個能詩會賦的姊妹。何不命他們進去居住。也不使佳人落魄。花柳無顔。却又想到寶玉自幼在姊妹叢中長大。不比别的兄弟。若不命他進去。只怕冷清了。一時不大暢快。未免賈母王夫人愁慮。須得也命他進園居住

方妙。想畢隨命太監夏忠到榮國府来。仍隨諭命寶釵等只曾
在園中居住。不可禁約封錮。命寶玉仍隨進去讀書。賈政王夫
人接了這諭。待夏忠去後。便来回明賈母。遣人進去各處収拾
打掃。安設簾幔床帳。別人聽了還猶可。惟寶玉聽了這諭。喜的
無可無不可。正和賈和〔母〕盤筭要這个耍那個。忽見了嬛來說老
爺叫寶玉。寶玉聽了好似打个焦雷。登時掃去興頭。臉上轉了
顔色。便拉着賈母。扭的好似扭股兒糖。殺死不敢去。賈母只得
安慰他道好寶貝。你只曾去有我呢。他不敢委曲了你。况且你
四

又作了那篇好文章。想是娘〻叫你進去住。他吩咐幾句。不過
不教你在裡頭淘氣。他說什麼。你只好生答應着就是了。一面
安慰。一面喚了兩個老嬷〻来。吩咐好生帶了寶玉去。別叫他
老子唬着他。老嬷〻答應了。寶玉只得前去。一步挪了一步。徑到
這邊来。可巧在王夫人房中商議。金釧兒。彩雲。彩霞。綉鸞。綉鳳。
及衆了環。在廊簷下站着呢。一見寶玉來。都抿着嘴兒笑。金釧
一把拉住寶玉。悄〻的笑道。我這嘴上是纔擦上的香胭脂。你
這會子可要不要了。彩雲一把拉開金釧。笑道。人家正心裡不

自在。你還奚落他。趁這會子喜歡。快進去罷。寶玉只得挨進門
去。原來賈政和王夫人對面坐在炕上。都在那裡閒談呢。趙姨
娘打起簾子。寶玉躬身挨入。只見賈政和王夫人對面坐在炕
上說話。地下一溜椅子。迎春。探春。惜春。賈環。四個人都坐在那
裡。一見他進來。惟有探春惜春和賈環站了起來。賈政一擧目
見寶玉站在跟前。神彩飄逸。秀色奪人。看々賈環人物萎蕤。擧
止荒疏。忽又想起賈珠來。再看々賈環人物平常。只有這一个
親生的兒子。素愛如珍。自已鬍鬚將已蒼白。因這幾件上。把素

五

日嫌惡。處分寶玉之心。不覺減了八九。半晌說道。娘：吩咐說
你日：在外頭遊嬉。漸次踈懶。如今叫進會同你姊妹在園裡
讀書寫字。你可好生用心習學。再若不守分安常。你可仔細。寶
玉連：的答應了幾个是。王夫人便拉他在身傍坐下。他姊妹
三人依舊坐下。王夫人摸娑着寶玉的脖項。說道前日丸藥都
吃完了。寶玉答道還有一丸。王夫人道明日再取十丸來。天：
臨睡的時候。叫襲人伏侍你吃了再睡。寶玉道自從太：吩咐
了。襲人天：晚上想着打發我吃。賈政問道襲人是何人。王夫

人道是个丫頭。賈政道不曾叫个什麼罷了。是誰這樣刁鑽。起這樣的名字。王夫人見賈政不自在了。便替寶玉掩飾道是太太起的。賈政道太：如何知道這樣的話。一定是寶玉。寶玉見瞞不過。只起身道因素日讀書。曾記古人有一句詩云。花氣襲人知晝暖。因這個丫頭姓花。便隨口起了這個。王夫人忙又向寶玉道。你囬去改了罷。老爺也不用為小事動氣。賈政道究竟也無方碍。又何用改。只是可見寶玉不務正經。專在這些穠詩艷曲做工夫。説畢喝一聲作業的畜生。還不出去。王夫人忙道

六

去罷去罷。只怕老太〻等你吃飯呢。寶玉答應了。慢〻的退出去。向金釧兒笑着。伸〻舌頭。帶着兩個老嬤〻。一溜烟去了。剛至穿堂門前。只見襲人倚門立在那裡。一見寶玉平安回來。堆下笑来問吋你作什麼。寶玉告訴也沒有什麼。不過怕我進園去淘氣。吩咐吩咐。一面說。一面在賈母跟前回明原委。只見林代玉正在那裡。寶玉便問他你處（住）那一處好。林代玉正心裡盤筭這事。忽見寶玉問他。便笑道我心裡想着瀟湘館好。我愛那幾竿竹子。隱着一道曲欄。比別的更覺幽靜。寶玉聽了拍手笑道。

正和我的主意一樣。我也叫你住這里呢。我就住怡紅院。咱們兩個又近。又都清幽。二人計較。就有賈政遣人來回賈母說。二月二十二的日子好。哥兒姐兒們好搬進去的。這幾日内遣人進去分派收拾。薛寶釵住了蘅蕪苑。林代玉住了瀟湘館。賈迎春住了綴錦楼。探春住了秋掩（爽）書齋。惜春住了蓼風軒。李氏住了稻香村。寶玉住了怡紅院。每一處添兩個老嬷嬷。四個丫頭。除各人奶娘親随丫嬛不筭外。另有專管收什打掃的。至二十二日。一齊進去。登時園内花招綉帶。栁拂香風。不似前番那等寂寞了。閑言少叙。且說寶玉自進園来。心滿意足。再無别項可生貪求之心。每日只和姊妹丫頭們一處。或讀書。或寫字。或弹琴下棋。作畫吟詩。以致描鸞刺鳳。鬬草簪花低吟巧唱。拆字猜謎。無所不至。到也十分快樂。他曾有幾首紀事詩。作的雖不筭好。却到是真情真景。畧記幾首云。

春夜

霞綃雲屋任鋪陳。蛩蟇更深聽未真。枕上輕寒窓外雨。眼前春色夢中人。盈〻燭淚因誰泣。默〻花愁為爾嗔。自是小鬟嬌懶

慣擁衾不耐笑言頻

夏夜

倦繡佳人幽夢長金籠鸚鵡喚茶湯窓明麝月開宮鏡室靄檀雲品御香琥珀杯傾荷露滑玻璃檻納柳風涼水亭望處齊紈動簾捲朱樓罷晚粧

秋夜

絳芸軒裏絕喧嘩桂魄流光侵茜紗苔鎖石紋容睡鶴井飄桐露濕棲鴉抱衾婢至舒金鳳倚檻人歸落翠花靜夜不眠因酒

八

渴。沉吟趺坐索烹茶。

冬夜

梅魂竹夢已三更。錦罽鸘衾睡未成。松影一庭惟見鶴。梨花滿地不聞鶯。女兒翠袖詩懷冷。公子金貂酒力輕。却喜侍兒知試茗。掃將新雪及時烹。

因這幾首詩。當時有一等勢利人。見是榮國府十二三歲的公子作的。抄錄出來。各處稱頌。再有一等輕浮子弟。愛上那風騷妖艷之句。也寫在扇頭壁上。不時吟哦賞讚。因此竟有人來尋詩

見字。倩画求題的。寶玉越發淂了意。鎮日竟做這些外務。誰想
靜中生煩惱。忽一日不自在起来。這也不好。那也不好。出来進
去只是悶々的。園中那些人多半是女孩兒。正在混沌世界。天
真爛熳。坐臥不避。嬉笑無心。那裡知寶玉此時的心事。那寶
玉心內不自在。便懶在園內。只在外頭鬼混。却又痴々的。茗烟
見他這樣。因想與他開心。左思右想。皆是寶玉頑奈煩了的。不
能開心。惟有這件寶玉不曾看見過。想畢便走去到書坊內。把
那古今小說。並那飛燕合德武則天楊貴妃的外傳。與那傳奇

角本。買了許多本引。寶玉看。寶玉何曾見過這些書。一看見了。
便如得了珍寶。茗烟又囑咐他不可拿進園去。若叫人知道了。
我就吃不了兜着走呢。寶玉那裡捨的不拿進去。踟蹰再三。单
把那文理細密的。揀了幾套進去放在床頂上。無人時自已密
看。那粗俗淺露的藏在外面書房裡。那日正當三月中浣。早飯
後寶玉携了一套會真記。走到沁芳閘橋邊。桃花底下一塊石
上坐着。展開會真記從頭細玩。正看到落紅成陣。只見一陣風
過。把樹上桃花吹下一大半來。落的滿身滿書滿地皆是。寶玉

要抖將下來。恐怕腳步踐踏了。只淂撓了那花瓣。來至池邊抖
在池内。那花瓣浮在水面。飄〻蕩〻。竟流出沁芳閘去了。回来
只見地下還有許多。寶玉正踟躕間。只聽背後有人説道你在
這裡做什麽。寶玉一回頭。却是林代玉來了。肩上担着花鋤。花
鋤上掛着紗囊。手内拿着花箒。寶玉笑道好〻。来把這個花掃
起来。撂在那水裡。我總撂了好些在那裡呢。林代玉道撂在水
裡不好。你看這裡的水干净。只一流出去。有人家的地方。臟的
臭的混倒着。仍舊把花遭塌了。那犄角上有我一個花塚。如今也

十

掃了裝在這絹袋裡。拿土埋上。日久不過隨土化了。豈不干淨。寶玉聽了。喜不自禁。笑道待我放下書幫你來収拾。代玉道什麽書。寶玉見問。慌的藏之不迭。便說道不過是中庸大學。代玉笑道你又在我跟前弄鬼。趁早兒給我瞧〻。好多着呢。寶玉道好妹〻論你我是不怕的。你看了好歹别告訴别人去。真〻這是好文章。你這看了。連飯也不想吃呢。一面說一面遞了過去。林代玉把花具都放下。接書來瞧。從頭看。越看越愛看。不一頓飯工夫。將十六齣俱已看完。自覺詞藻驚人。餘香滿口。雖看完

了書。却只當出神。心內還默々記誦。寶玉笑道。妹々你說好不
好。林代玉笑道。果然有趣。寶玉笑道。我就是多愁多病的身。你
就是那傾國傾城貌。林代玉聽了。不覺帶腮連耳通紅。登時直
豎起兩道似蹙非蹙的眉。瞪了兩隻似睁非睁的眼。微腮帶怒。
杏面含春。指寶玉道。你這該死的胡說。好々的把這淫詞艷曲
弄了來。還來說這些混話欺負我。々若告訴舅々舅母去。說到
這欺負兩個字上。早又把眼睛圈兒紅了。轉身就走。寶玉看了
忙向前攔住。說道好妹々千萬饒我這一遭。原是我說錯了。若

十一

有心欺負你。明日我吊在池子裡。叫個癩頭黿吞了去。變個大忘八。等你做了一品夫人。病老歸西的時候。往你墳上替你駝一輩子的碑去。說的林代玉嗤的一聲笑了。一面揉着眼。一面笑道一般唬的這個調兒。還只管胡說。呸原来是苗而不秀。」個銀樣蠟鎗頭。寶玉聽了笑道。你這個呢。我也告訴去。林代玉笑道。你說你會過目成誦。難道我就不能一目十行麽。寶玉一面収書。一面笑道正經快把花埋了罷。别提那個了。二人便収拾落花。正總掩埋妥協。只見襲人走来說道那裡沒找到。摸在這裡来。那邊大老爺身上不好。姑娘們都過去請安。老太太叫打發你去呢。快回去換衣裳去罷。寶玉聽了。忙拿了書。別了代玉。同襲人回房換衣不提。這裡林代玉見寶玉去了。又聽見衆姊妹們也不在房。自己悶悶的正欲回房。剛走到梨香院墻角上。只聽墻內笛韻悠揚。歌聲婉囀。林代玉便知是那十二个女孩子演習戲文呢。只因林代玉素習不大喜看戲文。便不留心。只管往前走。偶然兩句吹到耳內。明明白白。一字不落。唱道原來姹紫嫣紅開遍。這般都付與斷井頹垣。林代玉聽了。倒也十分感慨

十三

纏綿。便止住步側耳細聽。又聽唱道。是良辰美景奈何天。賞心
樂事誰家院。聽了這兩句。不覺點頭自嘆。心下自思道。原来戲
上也有好文章。不可惜世人只知看戲。未必能領畧其中的趣味。
想畢又後悔不該胡思。躭悮了聽曲子。再側耳時。只聽唱道則
為你如花美眷。似水流年。林代玉聽了這兩句上。不覺心動神
揺。又聽道你在幽閨自憐等句。越發如醉如痴。站立不住。便一
蹲身坐在一塊山子石上。細嚼如花美眷。似水流年。八個字的
滋味。忽又想起前日見古人詩中有水流花謝兩無情之句。再

又有詞中有流水落花春去也。天上人間之句。又兼方纔所見
西廂記中。花落水流紅。閑情萬種之句。都一時想起来。湊聚在
一處。仔細忖度。不覺心痛神馳。眼中落泪。正沒個開交。忽覺背
上擊了一下。及回頭看時。原来是誰。且聽下回分解。正是

粧晨綉夜心無矣。　對月臨風恨有之。

十三

紅樓夢第二十四回

醉金剛輕財尚仗義　癡女兒遺帕染相思

話說林代玉正自情思縈逗○纏綿固結之時○忽有人從背後擊了他一掌○說道你作什麽一個人在這裡○林代玉到唬了一跳○回頭看時○不是別人○却是香菱○林代玉道你這傻丫頭○唬我這麽一跳○好的你這會子打那裡來○香菱嘻〻笑道○我来尋找我們姑娘的○找他揔不着○你們紫鵑也找你呢○說璉二奶〻送了什麽茶葉來給你的○走罷快回家去○一面說着○一面拉代玉手

一

囬瀟湘館来○果然鳳姐兒送了兩小瓶上用新茶来○林代玉和
香菱坐了○料他們有何正事談講○不過説些這一個綉的好○那
一面刺的精○又下一回棋○看兩句書○香菱便走了○不在話下○如
今且説寶玉因被襲人找回房去○見鴛鴦歪在床上看襲人的
針線呢○見寶玉来了○便説道你往那裡去了○老太〻等着你呢○
叫你過那邊請大老爺的安去○還不快換了衣服走呢○襲人便
進房去取衣服○寶玉坐在床沿上○退了鞋○等靴子穿的工夫○囬
頭見鴛鴦穿着水紅綾子袄兒○青緞子背心○帶着白縐紬汗巾

見。臉向那邊。低着頭看針線。脖子上帶着扎花領子。寶玉便把
臉湊在脖項上。聞那粉香油氣。不住用手摩娑。其白膩不在襲
人之下。便猴上身去頑皮。笑道姐ゝ把你嘴上的胭脂賞我吃
了罷。一面說。一面扭股糖似的粘在身上。鴛鴦便叫道。襲人你
出来瞧ゝ。你跟他一輩子。也不勸ゝ。還是這麼着。襲人抱了衣
服出来。向寶玉道左勸也不改。右勸也不改。你到底是怎麼樣
的。再這麼着。這個地方可就難住了。一邊說一邊催他穿了衣
服。同鴛鴦往前面来。見過賈母。来至外面。人馬俱齊備。剛欲上

二

馬。只見那賈璉請安回來了。正下馬。二人對面。彼此問了兩句
話。只見傍邊轉出一個人來請寶叔安。寶玉看時。只見這人混
長臉。長挑身材。年紀只好十八九歲。生得着實的斯文清秀。到
也十分面善。只是想不起是那一房的。叫什麽名字。賈璉笑道。
你怎麽發獃。連他也不認的。他是後廊上住的五嫂子的兒子
芸兒。寶玉笑道是了是了。我怎麽就忘了。因問他母親好。這會
子什麽勾當。賈芸指賈璉道和二叔說句話。寶玉笑道。你到比
先越發出跳了。到像我的兒子。賈璉笑道。好不害臊。人家比你

大四五歲呢。就替你作兒子了。寶玉笑道你今年十九歲。賈芸道十八了。原來這賈芸最伶俐乖覺聽寶玉這樣說。便笑道俗語說的搖車的爺〻。住拐的孫子。雖然歲數大。山高遮不過太陽。自從我父親沒了。這幾年也無人照管教導。若寶叔〻不嫌、姪兒蠢笨。認作兒子。就是我的造化了。賈璉笑道。你聽見了。認了兒子不是好開交的呢。說着就進去了。寶玉笑道明日若閑了。只管来找我。別和他們鬼〻崇〻的。這會子我不得閑兒。明日你在書房裡來。我和你說天話兒。我帶你園裡頑去。說着扳

三

鞍上馬。衆小厮隨同往賈赦這邊來。見了賈赦不過是偶感些
風寒。先述了賈母問的話。然後自已請了安。賈赦先站起來回
了賈母話。次後喚人來帶哥進去太〻屋裡坐着。寶玉退出来
至後面進入上房。邢夫人見了他來。先到站起來請過賈母的
安。寶玉方請安。邢夫人拉他上炕坐了。方問別人。又命人到茶
来。一鍾茶未吃完。只見賈琮来問寶玉好。邢夫人道那裡找活
猴子去。你那奶媽子死絶了。也不收拾收拾你。弄的黒煤烏嘴。
那裡像大家子念書的孩子。正説着只見賈環賈蘭小叔姪兩

個也來請過安。邢夫人便叫他兩個椅子。上坐了。賈環見寶玉
邢夫人坐在一個椅子上。邢夫人又百般摩娑撫弄他。早巳心
中不自在起來。坐不多時。便和賈蘭使了眼色兒要走。賈蘭只、
渇依他一同起身告辭。寶玉見他們走。自巳也就起身要一同
回去。邢夫人笑道你坐着。我還和你說話。寶玉只渇坐了。邢夫
人向他兩個道。你們回去。各人替我問你們各人母親好。你們
姑娘姊〻妹〻都在這裡呢。鬧的我頭暈。今兒不留你們吃飯
了。賈環等答應着便出來回家去了。寶玉笑道可是姊〻們都

四

来了。怎麽不見。邢夫人道他坐了一會子。都往後頭不知那屋裡去了。寶玉道大娘方才説有話説。不知是什麽話。邢夫人笑道那裡有什麽話。不過叫你等着同你姊妹們吃了飯去。還有一個好頑的東西給你帶去頑。娘兒兩人説話。不覺早又晚飯時節。調開桌椅。擺列盃盤。母女姊妹們吃畢了飯。寶玉去辭别了賈赦。同姊妹們一同回家見過賈母王夫人等。各自回房安置。不在話下。且説賈芸進去見了賈璉。因打聽有什麽事情。賈璉告訴他説前兒到有一件事情出来。偏生你嬸〻再三的求了我。給了賈芹了。他許了我說明兒園裡還有幾處要栽花木的地方。等這個工程出来。一定給你就是了。賈芸聽了。半晌。說道既是這樣。我就等着罷。叔叔也不必先在嬸嬸跟前提我今兒来打聽的話。到跟前再說也不遲。賈璉道提他做什麽。我那裡有這些工夫說閑話兒呢。明兒一個五更還要到興邑走一盪。須淂當日趕囬来才好。你先去等着。後日起更以後。你来討信兒。早了我就不淂閑兒。說着便囬後面換衣服去了。賈芸出了榮國府回家。一路思量。想出個主意来。便一逕往他母舅卜

五

世仁家来。原来卜世仁現開香料鋪。方才從鋪子裡回来。忽見賈芸進来。彼此見過了。因問他這早晚什麽事跑了来。賈芸道有件事求舅舅帮襯帮襯。我有一件事用些氷片麝香使用。好歹舅舅每樣賒四兩給我。八月裡按数送了銀来。卜世仁冷笑道再休提賒欠一事。前兒也是我們鋪子裡一個夥計替他的親戚賒了幾兩銀子的貨。至今揔未還上。因此大家立了合同。再不許替親友賒欠。誰家錯了就罰他二十兩銀子的東道。況且如今這貨也短。你就拿現銀子到我們這不上三不上四的鋪子裡買。也還沒有這些。只好倒點兒去。這是一。二則你那有正緊事。不過賒了去又是胡鬧。你只說舅舅見你一遭兒。就派你一遭兒不是。你小人家狠不知個好歹。也到底立個主見。賺几個錢。弄的穿是穿吃是吃的。我看着也歡喜。賈芸笑道舅舅說的到干净。我父親沒的時節。我年紀又小。不知人事。後來聽見我母親說。都還虧舅舅們在我們家去主意料理的喪事。難道舅舅就不知道。還是有一畝地兩間房子。如今我手裡花了不成。巧媳婦做不出沒米的粥來。叫我怎麽樣呢。還虧是我呢。

要是別的死皮賴臉。三日兩頭兒來纏着舅〻要三升米二升豆子的。舅〻也就沒有法兒呢。卜世仁道。我的兒。舅〻要有。還不是該的。我天〻和你舅母說。只恐你沒個筭計兒。你但立的起來。到你大房裡。就是他們爺兒們見不着。便下氣和他們的管家或者管事的人們。嬉和嬉和。也弄個事兒管〻。前兒我出城去撞見你們三房裡的老四。騎着大叫驢。帶着四五輛車。有四五十和尚道士。往家廟裡去了。他那不虧能幹。就有這樣事到他。賈芸聽說嘮叨的不堪。便起身告辭。卜世仁道。怎麼急的這樣。吃了飯再去罷。一句未說完。只見他娘子說道。你又糊塗了。說着沒有米。這裡買了半斤麪来不彀你吃。這會子還粧胖呢。留下外甥挨餓不成。卜世仁道再買半斤来添上就是了。他娘子便叫女孩兒銀姐。往對門王奶々家去。問有錢借三二十個。明兒就送過来。夫妻兩個說話。那個賈芸早說了幾個不用費事。去的無影無踪了。不言卜世仁夫婦。且說賈芸賭氣離了母舅家門。一逕回歸舊路。心下正是煩惱。一邉想一邉低頭只管走。不想一頭碰在一個醉漢身上。把賈芸唬了一跳。聽那醉

七

漢罵臊你媽的瞎了眼睛。碰起我来了。賈芸忙要躲身。早被那醉漢一把抓住。對面一看。不是别人。却是緊隣倪二。原来這倪二是個潑皮。專放重利債。在賭博場吃閑錢。專管打降吃酒。正從欠錢人家索了利錢吃酒回来。不想被賈芸碰了一頭。正沒好氣。掄拳就要打。只聽那人叫道老二住手。是我冲撞了你。倪二聽見是熟人的話。將醉眼睁開看時見是賈芸。忙把手鬆了。趔趄着笑道。原来是賈二爺。我該死我該死。這會子往那裡去。賈芸道告訴你不得你。平白的又討了沒趣。倪二道不妨不妨。有什麽不平事。告訴了我替你出氣。這三街六巷。憑他是誰。有人得罪了我金剛倪二的街坊。管教他人離家散。賈芸道老二你別氣。聽我告訴你這原故。說着便把卜世仁一段事告訴了倪二。倪二聽了大怒道。要不是令母舅。我便罵出好話来。真〻氣死我倪二。也罷。你也不用愁煩。我這裏現有幾兩銀子。你若做什麽。只管拿去買辦。但只一件。你我做了這些年街坊。我在外頭有名放賬。你却從沒有和我張過口。也不知你厭惡我是个潑皮。怕低了你的身分。也不知是怕我難纏利錢重。若說怕利錢

八

重。這銀子我是不要利錢的。也不用寫文約。若說怕低了你的
身分。我就不敢借給你了。各自走開。一面說。一面搭膊裡掏出
一捲銀子來。賈芸心下自思。素習倪二雖然是潑皮無賴。却因
人而使。頗〻的有義俠之名。若今日不領他這情。怕他臊了。到
恐生事不如借〻他的。改日加倍還他。也到罷了。想畢笑道老
二你果然是個好漢。我何曾不想着你和你張口。但只是我見
你相與交接的。都是些有胆量的。有作為的人。似我們這等無
能為的。你通不理。我若和你張口。你豈肯借給我。今日既蒙高

情。我怎敢不領。回家按例寫了文約過來便是了。倪二大笑道好會說話的人。我却聽不上這話。既說相與交接四個字。如何又放賬給他使。圖賺他的利錢。既把銀子借與他圖他的利錢。便不是相與交接了。閑話也不必講。既你肯青目。這是十五兩三錢有零的銀子。你便拿去置買東西。你要寫什麼文契。趁早把銀子還我。讓我放給那些有指望的人使去。賈芸聽了一面接了銀子。一面笑道我便不寫罷了。有何着急的。倪二笑道這不是話。天氣黑了。也不讓茶讓酒。我還到別處有點事情去。你

九

竟請回去。我還求你帶了信兒與舍下。叫他們早些關門睡罷。我不回家去了。倘或有什麽要緊事。叫我們女兒明兒一早到馬販子王短腿家找我。一面趔趄着脚兒去了。不在話下。且說賈芸偶然碰了這件事。心下也十分罕希。想那倪二到果然有些意思。只是還怕他一時醉中慷慨。到明日加倍的要起來。便怎處。心内猶豫不決。忽又想到不妨。等那件事成了。也可加倍還他。想畢一直走到了錢鋪裡。將那銀子秤了一秤。十五兩三錢四分二厘。賈芸見倪二不撒謊。心下越發歡喜。收了銀子来至家門。先到了隔壁將倪二帶的信捎與他娘子。方回来。家見他母親自在炕上拈線。見他進来。便問那裡去了一日。賈芸恐他母親生氣。便不說起卜世仁的事来。只說在西府裡等璉二叔的。問他母親吃了飯的不曾。他母親已吃過了。說留飯在那裡。叫小丫頭子拿過来與他吃。那天已是掌燈的時候。賈芸吃了飯收拾安歇。一宿無話。次日一早起来洗了臉。便出南門大香鋪裡買了冰麝。便往榮國府来。打聽賈璉出了門。賈芸便往後面来到賈璉院門前。只見幾个小廝拿着大高笤箒在那

裡掃院子呢。忽見周瑞家的從門裡出来叫小廝們先别掃。奶
〻出來了。賈芸忙上去笑問二嬸〻那裡去。周瑞家的道老太
〻叫。想必是裁什麽尺頭。正説着只見一羣人擁着鳳姐出來。
賈芸深知鳳姐是喜奉承尚塲的。忙把手逼着。恭〻敬〻搶上
来請安。鳳姐連正眼也不看。仍往前走着。只問他母親好。怎麽
不来我們這裡逛〻。賈芸道只是身上不大好。到時常記掛着
嬸〻。要来瞧〻。都不能來。鳳姐兒笑道。可是你會撒謊。不是我
提起他。你就不説他想我了。賈芸笑道姪兒不怕雷打了。就敢

在長輩前撒謊。昨兒晚上還提起嬸〻好大精神。竟料理週全。
要是差一個兒的。早累的不知怎麽樣呢。鳳姐聽了滿臉是笑。
不由己的便止住了步。問道怎麽好〻的。你娘兒兩個在背地
裡嚼起我來。賈芸道有個原故。只因我有个極好的朋友。家裡
有幾個錢。現開香鋪。只因他身上捐着個通判。前兒選了雲南
不知那一處。連家眷一齊去。他這香鋪也不在這裡開了。便把
賬物攢了一攢。該給人的給人。該賤發的賤發了。像這細貴的
貨物。分着送與親朋。他就一共送了我些冰片麝香。我就和母

十

親商量。若要轉賣ヽ不出原價。而且誰家拏這些銀子買這個
作什麽。便是狠有錢的大家。也不過使了幾分幾錢。就挺折腰
了。若說送人也没個人配使這些。倒叫他一文不值半文轉賣
了。因此我就想起嬸ヽ来。往年間我還見嬸ヽ大包的銀子買
這些東西。別說今年貴妃宫中。就是這個端陽節下。不用說這
些香料自然是比往常加上十幾倍去的。因此想来想去。只有孝順
嬸ヽ一個人纔合式。方不筭遭塌這東西。一邊說一邊將一個
錦匣舉起来。鳳姐要辦端陽的節禮。採買香料藥餌的時節。忽

見賈芸如此。一来聽這一篇話。心下又自得意。又是歡喜。便命
豐兒接過芸哥兒的來。送了家去交給平兒。因又說道。看着你
這樣好知好歹。怪道你叔〻常提你。說你說話兒也明白。心裡
有見識。賈芸聽這話入了港。便打進一步来。故意問道原来叔
〻也曾提我的。鳳姐見問纔要告訴他那話。到叫他看着我見
不淂東西似的。因為得了這點香。就混許他管事了。今兒先别
提起這事。想畢便把派他監種花木工程的事都隱瞞的一字
不提。隨口說了兩句淡話。便往賈母那裡去了。賈芸也不好提

十三

的。只得回来因昨兒見了寶玉。教他在外書房等着。賈芸吃了
飯便又進来。到賈母那邊儀門外綺霞齋書房裡来。只見焙茗
鋤藥兩個小厮下象棋。為奪車正拌嘴。還有引泉掃花桃芸拌
鶴四五个人在房簷上掏小雀兒頑。賈芸進入院内。把脚一踩。
説道猴頭們淘氣。我來了。衆小厮看見賈芸進来。都纔散了。賈
芸進入房内。便坐在椅子上問寶二爺没下来。焙茗道今兒摠
没下来。二爺説什麽。我替你哨探哨探去。説着便出去了。這裡
賈芸便看字畫古玩。有一頓飯工夫還不見来。再看〻别的小

厮都須去了。正是煩悶。只聽門上嬌聲嫩語的叫了一聲哥〻。
賈芸往外睄時。見是一個十六七歲的丫頭。生得倒也細巧干
淨。那丫頭見了賈芸。便抽身躲了過去。恰好焙茗走来。見那丫
頭在門前。便說道好〻。正抓不着信兒。賈芸見了焙茗也就赶
了出来問怎樣。焙茗道等了這半日。也沒個人兒過来。這就是
寶二爺房裡的。好姑娘你進去帶了信兒。就說廊上的二爺来
了。那丫頭聽說。方知是本家的爺們。便不似先前那等迴避。下死
眼把賈芸釘了兩眼。聽那賈芸說道什麼廊上廊下的。你只說

十三

是芸兒就是了。半晌那丫頭冷笑了一笑。依我說二爺竟請回
去罷。有什麽話明兒再來。今兒晚上得空兒回先了他。焙茗道
這是怎麽說。那丫頭道他今兒也沒睡中覺。自然吃的晚飯早。
晚上又不下来。難道只是要二爺在這裡等着挨餓不成。不如
家去明兒来是正經。就便回来有人帶信。那都是不中用。他不
過口裡應着。他到給帶呢。賈芸聽了這丫頭說話簡便俏麗。待
要問他的名字。因是寶玉房裡的。又不便問。只淂說道這話到
是。我明兒再来。說着便往外走。焙茗道我到茶去。二爺吃茶再

去。賈芸一面走。一面回頭說不吃茶。我還有事呢。口裡說。說話。眼睛瞧那了頭還站在那裡呢。那賈芸一逕回家。至次日來至大門前。可巧遇見鳳姐往那邊去請安。總上了車。見賈芸來。便命人喚住。隔窗子笑道。芸兒你竟有胆子在我跟前弄鬼。怪道你送東西給我。原來你有事求我。昨兒你叔〻總告訴我說你求他。賈芸笑道。求叔〻這事。嬸〻休提我。這裡正後悔呢。早知這樣。我竟一起頭求嬸〻。這會子也早完了。誰承望叔〻竟不能的。鳳姐笑道。怪道你那裡沒成兒。昨兒又來尋我。賈芸道嬸〻辜負了我的孝心。我並沒有這個意思。若有這個意思。昨兒還不求嬸〻。如今嬸〻既知道了。我到要把叔〻丟下。少不得求嬸〻好歹疼我一點兒。鳳姐冷笑道。你們若揀遠路兒走。叫我也難。早告訴我一聲兒。什麽不成了。多大點子事情。耽悞到這囬子。那園子裡還要種樹種花。我只想不出個人來。早來不早完了。賈芸笑道既這樣。嬸〻明兒就派我罷。鳳姐半晌道這個看着不大好。等明年正月裡的烟火燈燭。那個大宗兒不下來。再派你罷。賈芸道好嬸〻。先把這個派了我罷。果然這個辦的好。再派

我那個。鳳姐笑道你到會拉長線兒。罷了。若不是你叔〻說。我不
管你的事。我不過吃了飯就過来。你到午錯的時候来領銀子。
後兒就進去種樹。說畢命人駕起香車。一逕去了。賈芸喜不自
禁。来至綺霞齋打聽寶玉。誰知寶玉一早便往北静王府裡去
了。賈芸便呆〻的坐到晌午。打聽鳳姐回来。便寫了領票来領
對牌。至院外命人通報了。彩明走了出来单要領票進去批了
銀数。年月。一並連對牌交與賈芸賈芸。接了看那批上。銀数批
了二百兩。心中喜不自禁。翻身走到銀庫上交與收牌票的。領

了銀子回家告訴母親○自是母子俱各歡喜○次日一個五鼓○賈芸先找了倪二○將前銀按数還他○那倪二見賈芸有了銀子○也便按数收回○不在話下○這裡賈芸又拏了五十兩出西門找到花兒匠方椿家裡去買樹○不在話下○如今且說寶玉自那日見賈芸曾說明日着他進来說話兒○如此說了之後○他原是富貴公子的口角○那裡還把這個放在心上○因而便忘懷了○這日晚上從北靜王府裡囬来○見過賈母王夫人等○囬至園内○換了衣服○正要洗澡○襲人因被薛寶釵煩了去打結子○秋紋碧痕兩個

去催水。檀雲又因他母親的生日。接了出去。麝月現在家中養病。雖還有幾個做粗活聽喚的丫頭。估着叫不着他。們都出去尋夥覓伴的頑去。不想這一刻的工夫。只剩了寶玉在房內。偏生的寶玉要吃茶。一連叫了兩三聲。方見兩三個老嬤ゝ走進來。寶玉見了他們。連忙擺手兒說罷ゝ。不用你們了。老婆子們只得退出。寶玉見沒丫頭們。只得自己下來拿了碗。向茶壺去倒茶。只聽背後說道二爺仔細燙了手。讓我來到。一面說一面上來早接了碗過來。寶玉到嚇了一跳。問你在那裡的。忽然來了。唬我一跳。那丫頭一面遞茶。一面回説我在後院子裡。總從裡間的後門進来。難道二爺就沒聽見脚步响。寶玉一面吃茶。一面仔細打量。那丫頭穿着幾件半新不舊的衣裳。到是一頭黑鬒鬒的好頭髮。挽着個鬢。容長臉面。細巧身材。却十分俏麗甜净。寶玉看了。便笑問道。你也是我屋裡的人麽。那丫頭道是的。寶玉道。既是這屋裡的。我怎麽不認的你。丫頭聽説便冷笑一聲道。認不的也多。豈只我一個。從来我又不遞茶遞水。拏東西。眼見的事兒一點不作。你那裡認的呢。寶玉道。你為什麽

不作那眼見的事。那了頭道這話我也難說。只是有一句話回
二爺。昨兒有個什麽芸兒来找二爺。我想二爺不得空兒。便叫
焙茗回他。叫他今日早起来。不想二爺又往北府裡去了。剛說
到這句話。秋紋碧痕唏〻哈〻的說笑着進来。兩個人共提着
一桶水。一手撩着衣裳。趔〻趄〻潑〻撒〻的。那了頭便迎去
接。那秋紋碧痕正對報怨。你濕了我的裙子。那個又說你踹了
我的鞋。忽見走出一個人来接水。二人看時不是別人。原来是
小紅。二人便都咤異。將水放下。忙進房来東瞧西望。並沒有個

十七

别人。只有寶玉。便心中大不自在。只淂預備下洗澡之物。待寶玉脱了衣裳。二人便帶上門出来。走到那邉房内。便找小紅問他方纔在屋裡説什麽。小紅道我何曾在屋裡的。只因我的手帕子不見了。往後頭找手帕子去。不想二爺要茶吃。叫姐〻們一個没有。着我進去了。纔到了茶。姐〻們便来了。秋紋聽了抖臉便啐了一口。駡没臉面的下流東西。正経叫我們催水去。你説有事。故意叫我們去。你可等着做這個巧宗兒。一里一里的這不上来了。難道我們到跟不上你了。你也照鏡子瞧〻。配遞茶遞水不配。碧痕道等明兒我説給他們。凡要茶要水拏東送西的事。咱們都別動。只叫他去便是了。秋紋道這麽説。還不如我們散了。单讓他在這屋裡呢。二人你一句我一句。正鬧着只見有個老嬷〻進来傳鳳姐的話。説明兒個有人帶花兒匠種樹。叫你們嚴禁些。衣服裙子別混晾的。那土山上一溜都攔着幃幙呢。可別混跑。秋紋便問明兒不知是誰帶進匠人来監工。那老婆子道説什麽後廊上的芸哥兒。秋紋碧痕聽了都不知道。只管混問別的話。那小紅聽見了心内却明白。就知是昨兒

六

外書房所見的那人了。原來這小紅本姓林。小名紅玉。只因玉字犯了林代玉寶玉。便都把這。個字隱起來。便都叫他小紅。原是榮國府世代的舊僕。他父親現在収管各處房田事務。這紅玉年方十六歲。因分入在大觀園的時節。把他便分在怡紅院中。到也清幽雅靜。不想後來命人進來居住。偏生這一所兒又被寶玉佔了。這紅玉雖然是個不諳事理的丫頭。却因他原有三分容貌。心內着實妄想痴心的向上攀高。每〻要在寶玉面前顯弄顯弄。只是寶玉身邊一干人。都是能牙利齒的。那裡又下的手來。不想今兒緫有些消息。又遭秋紋等一場惡氣。心内早灰了一半。正悶〻得忽然聽見老婭〻說起賈芸來。不覺心中一動。便悶〻的回至房中。睡在床上暗〻盤筭。翻来掉去。正没個抓尋。忽然窗外低〻的叫道紅玉。你的手帕子我拾在這裡呢。紅玉聽了忙走出来看。不是别人。正是賈芸。紅玉不覺的粉面含羞。問道二爺在那裡拾着的。賈芸笑道你過来我告訴你。一面說一面就上来拉他。那紅玉急回身一跑。被門檻絆倒。要知端的。且聽下回分解。

紅樓夢第二十五回

魘魔法叔嫂逢五鬼　通靈玉蒙蔽遇雙仙

話說紅玉心神恍惚。情思纏綿。忽朦朧睡去。遇見賈芸要拉他。却回身一跑。被門檻子絆了一跤。唬醒過來。方知是夢。因翻來復去。一夜無眠。至次日天明方才起來。就有幾個丫頭來會他去打掃房子地面。提洗臉水。這紅玉也不梳洗。向鏡中胡亂挽了一挽頭髮。洗了洗手。腰內束了一條汗巾子。便來打掃房屋。誰知寶玉昨日見了紅玉。也就留了心。若要直點名喚他來使用。一則怕襲人等寒心。二則又不知紅玉是何等行為。若好還罷了。若不好起来。那時倒不好退還的。因此心下悶悶的。早起来也不梳洗。只坐着出神。一時下去窻子。隔着紗屜子向外看的真切。只見好幾个丫頭在那裡掃地。都擦胭脂抹粉。簪花插柳的。獨不見昨兒那一个。寶玉便拔了鞋。悦出了房門。只粧着看花兒。這裡瞧瞧。那裏望望。一擡頭只見西南角上遊廊底下欄杆上。似有一个人倚在那裏。却恨面前有一株海棠花遮着。看不真切。只得又轉了一步。仔細一看。可不是昨兒的那個丫頭在那裡出神。待要迎上去。又不好去的。正想着忽見碧痕来催他洗臉。只得進去了。不在話下。却說紅玉正自出神。忽見襲人招手叫他。只得走上前来。襲人笑道我們這裡的噴壺還没有收拾了来呢。你到林姑娘那裡去把他們的借来。紅玉答應了便走出往瀟湘館去。正走上翠烟橋。擡頭一望。只見土坡上高處都攔着幃幙。方想起今兒有匠役在裏頭種樹。因轉身一望。只見那邊遠遠的一簇人在那裡掘土。賈芸坐在那裡山子石上。紅玉待要過去。又不敢過去。只得悶悶的向瀟湘館取

二

了嘖壺回来。無精打彩。自向房内倒着。衆人只説他一時身上不快。都不理論。轉眼過了一日。原来次日就是王子騰夫人的壽誕。那裡原打發人来請賈母王夫人的。王夫人見賈母不去。自已也不便去了。倒是薛姑[姨]娘仝着鳳姐並賈家四个姊妹寶釵寶玉一齊都去了。至晚方回。可巧王夫人見賈環下了學。命他来抄個金剛咒唪誦。那賈環正在王夫人炕上坐着。命人點上燈燭。拏腔作勢的抄寫。一時又叫彩霞倒杯茶来。一時又叫玉釧来剪剪蠟花。一時又説金釧兒擋了燈影。衆丫嬛素日厭惡他。都不荅理。只有彩。霞還合他和的。来倒了一鍾茶遞與他。

因見王夫人和人說話。他便悄悄向賈環說道你安些分罷。別

討這个猒那個猒的。賈環道我也知道了。你別哄我。如今你和

寶玉好。把我不大理論。我也看出了。彩霞咬着嘴唇。向賈環頭

上戳了一指頭。說道沒良心的。狗齩呂洞賓。不識好人心。兩人

正說着。只見鳳姐来了。拜見過王夫人。王夫人便一長一短的

問他。今兒是那幾位堂客。戲文好歹。酒席如何等語。說了不多

幾句話。寶玉也来了。進門見了王夫人。不過規規矩矩說了幾

句話。便命人除去抹額。脫了衣服拉了靴子。便一頭滾在王夫人懷裏。王夫人便用手滿身滿臉摩娑撫弄他。寶玉也扳着王夫人的脖子說長說短的。王夫人道我的兒。你又喫多了酒。臉上滾熱的。你還只是揉搓。一會子鬧上酒来。還不在那裡静静的倒一會子呢。說着便叫人拿枕頭来。寶玉聽說下来在王夫人身後倒下。又着彩霞来替他拍着。寶玉便和彩霞說笑。只見彩霞澹淡的不大荅理。兩眼睛只向賈環處看。寶玉便拉他的手笑道好姐姐。你也理我理兒呢。一面說一面拉他的手。彩霞

奪手不肯。便説再鬧我就嚷了。二人正鬧着。原来賈環聽見。素
日原恨寶玉。如今又見他和彩霞廝鬧。心裡越發按不下這口毒
氣。雖不敢明言。却每每暗中算計。只是不得下手。今見相離甚
近。便要用熱油燙瞎他的眼睛。因覓而故意粧作失手。把那盞油
汪汪的蠟燈。向寶玉臉上只一推。只聽寶玉噯呀了一聲。滿屋
裏衆人都唬了一跳。連忙將地下的掉燈挪過来。又將外間屋
裏的拏来三四盞。看時。只見寶玉滿頭都是油。王夫人又急又
氣。一面命人来替寶玉擦洗。一面又罵賈環。鳳姐三步二步跑去

四

炕上替寶玉收拾着。一面笑道三哥還是這麽荒雞似的。我說你上不得高檯板。趙姨娘時常也該教道教道他。一句話提醒了王夫人。不罵賈環。便叫過趙姨娘罵道。養出這樣黑心不知道理下流種子来。也不管管。幾番幾次都不理論。你們得了意了。越發上来了。那趙姨娘素日雖然也常懷嫉妬之心。不忿鳳姐寶玉兩个。也不敢露出来。如今賈環又生了事。受這場惡氣。不但吞聲承受。而且還要去替寶玉收拾。只見寶玉左臉上燙了一溜燎泡出来。幸而眼睛沒動。王夫人看了又是心疼。又怕明日賈母問。怎樣回荅。急的又把趙姨娘數落一頓。然後又安慰了寶玉。一面又命取敗毒消腫藥来敷上。寶玉道有些疼還不妨事。明兒老太太問。就說是我自己燙的罷了。鳳姐笑道便說自己燙的。也要罵人為什麽不小心看着。教你燙了。橫豎有一場氣受的。到明兒憑你怎麽說去罷。王夫人命人好生送了寶玉回房。去後、襲人等都見了不得。林黛玉見寶玉出一天門。就覺悶悶的沒個可說話的。至晚正打發人来問了兩三遍回来不曾。這遍方才回来。又偏生燙了。林黛玉便趕着来瞧。只見

五

寶玉正拿着鏡子照呢。左邊臉上滿滿的敷了一臉藥。林黛玉只當十分的利害。忙上来問怎麽燙了。要瞧瞧。寶玉見他来了。忙把臉遮住。摇手呌他出去。不肯教他知道。他的癖性喜潔。見不得這些東西。林黛玉自已也知道自已有這癖性。知道寶玉的心内怕他嫌贜。因笑道我瞧瞧燙了那裏了。有什麽遮着藏着的。一面說一面凑上来强扳着脖子。瞧了一瞧。問他疼的怎麽様。寶玉道也不很疼。養一兩日就好了。林黛玉坐了一回。悶悶回房去了。一宿無話。次日寶玉見了賈母。雖然自已承認自已燙的。不與別人相干。免不得那賈母又把跟從的人罵一頓。
過了一日。就有寶玉寄名的乾娘馬道婆進榮國府来請安。見
了寶玉。唬了一大跳。問其緣由。說是燙的。便點頭嘆息。一面向
寶玉臉上用指畫了一畫。唧唧噥噥的又持誦了一回。說道管
保好了。這不過是一時飛災。又向賈母道祖宗老菩薩。那裡知
道那經典佛法上說的利害。大凡那王公卿相人家的子弟。這
一生長下来。暗裡便有多少促使鬼兒跟着他。得空便擰他一
下。或掐他一下。或喫飯打下他的飯椀来。或走着推他一跤。所以

往往的那些大家子孫。多有長不大的。賈母聽如此說。便趕着問道這有个什麽佛法解释呢。馬道婆道這個容易。只要替他多作些因果善事。也就罷了。再那經上還說西方有位大光明普照菩薩。專管照耀陰暗邪祟。若有善男子善女人虔供奉這位菩薩。可以永保兒孫康寧安静。再無驚恐邪祟撞磕之灾。賈母道倒不知怎麽個供奉這位菩薩。馬道婆道也不置些什麽。不過除香燭供養之外。一日多添幾觔香油。點上个大海燈。這海燈便是菩薩現身法象。晝夜不敢息的。賈母道一天一夜也

得多少油。明白告訴我。我也好做這件功德的。馬道婆聽如此
說。便笑道這也不拘。隨施主菩薩們發心。像我家裏就有好幾
處王妃誥命供奉的。南安郡王府裏的太妃。也許的愿心。大一
天是四十八觔油。一斤燈草。那海燈只比缸略小些。錦田侯的
誥命次一等。一天不過三十四觔。再還幾家也有五斤的。三觔
的。一觔的。都不拘數。那小家子窮人家捨不起這些。就是四兩
半觔。也少不得替他點。賈母聽了點頭思忖。馬道婆又道還有
一件。若是為父母尊親長上的。多捨些不妨。若是像老祖宗如

令為寶玉。捨多了倒不好還怕哥兒禁不起。倒折了福。也不當家。花花的要捨。大則七觔。小則五觔。也就是了。賈母道既是這樣說。你便一日五觔。准了每月来打躉来関了去。馬道婆念一聲阿彌陀佛。慈悲大菩薩。賈母又命人来吩咐。以後大凡寶玉出門的日子。拿幾串錢去交給他小子們帶着。遇見僧道窮苦好施捨的。說話畢。馬道婆又坐一回。便又往各房閅（問安）俇了一回。一時来至趙姨娘房内。二人見過。趙姨娘命小丫頭倒杯茶来與他喫。馬道婆因見枕上堆着零碎紬緞灣角。趙姨娘正粘鞋呢。馬道婆道可是我没有了鞋面子。趙奶奶你有零碎緞子。不拘什麽顔色的。弄一雙鞋面給我。趙姨娘聽説便嘆口氣。説道你瞧瞧。那裡頭還有那一塊是成樣的東西也到不了手裏来。有的没的都在那裏。你不嫌就挑兩塊子去。馬道婆見説果真便挑了兩塊紬將来。趙姨娘問道。前日我送了五百錢去。在藥王跟前上供。你可收了没有。馬道婆道早已替你上了供了。趙姨娘嘆口氣道阿彌陀佛。我手裏但能從容些兒。時常的上個供。只是心有餘力量不足。馬道婆道你只放心。將来熬得環哥兒大了。得个一官半職。那時你要做多大功德不能。趙姨娘聽說。鼻子裡笑了一聲。說道罷罷。再别說起。如今就是個樣兒。我們娘兒們跟的上這屋裏那一個兒。也不是有了寶玉。竟是得了个活龍。他還是小孩子家。長得人意兒。大人偏疼他些。也還罷了。我只不伏這个主兒。一面說一面伸出兩個指頭兒來。馬道婆會意。便問道可是璉二奶奶。趙姨娘唬的忙擺手兒。走到門前掀開簾子。向窻外看看無一个人。方進来向馬道婆悄悄的說道了不得。了不得。提起這个主兒。這一分家私。要不都

教他搬送到娘家去。我也不是個人。馬道婆見他如此說。便探
他口氣說道。我還用說。難道都看不出來。也虧你們心裏也不
理論。只憑他去倒也妙。趙姨娘道我的娘。不憑他去。難道誰還
敢把他怎麼樣呢。馬道婆聽說。鼻子裏一笑。半晌說道。不是我
說句作孽的話。你們沒有本事。也難怪別人。明不敢怎麼。暗裏
也就算了。還等到得如今。趙姨娘聞聽這話裏有道理。心內暗
暗的歡喜。便說道怎麼暗裏算計。我倒有了心。只是沒這樣能
幹人。你若教給我這法子。我大大謝你。馬道婆聽這話打攏了

九

一處。便又故意說道。阿彌陀佛。你快休問我。我那裏知道這些事。罪過罪過。趙姨娘道你又來了。你是最肯濟困扶危的人。難道就眼睜睜的看人家去擺佈死了我們娘兒兩個不成。難道還怕我不謝的。馬道婆聽說如此。便笑道說我不忍叫你娘兒們受人委屈還猶可。但若說謝的這个字。可是你錯打算了。就便是我希圖你謝。靠你也有什麽東西能打動我。趙姨娘聽說這話。口氣鬆動了。便說道是你這麽個明白人。怎麽糊塗起来了。你若果然法子靈驗。把他兩人絕了。明日這家私不怕不是我環兒的。那時你要什麽不得。馬道婆聽了低了頭半晌。説道那時候事情妥當了。又無憑據。你還理我呢。趙姨娘笑道這又何難。如今我雖手裏没有什麽。也零碎攢了幾兩梯巳。還有幾件衣服簪子。你先拿些去。下剩的我寫個欠銀子的文契給你。你要什麽保人也有。那時我照數給你。馬道婆道果然這樣。趙姨娘道這如何還撒得謊。説着便叫過一個心腹婆子来。耳根底下嘁嘁喳〻説了幾句話。那婆子出去了。一時回来。果然寫了五百兩欠契来。趙姨娘便印了手印。走到廚櫃裏將梯巳拿

了出来與馬道婆看看。說道你先拿去做个香燭供養使費。可
好不好。馬道婆看了白花花的堆銀子。又有欠契。並不顧青紅
皁白。滿口裡應承着。伸手先去抓了銀子掖起来。然後收了欠
契。又向褲腰裏掏了半晌。掏出十个錢鉸的青面白髮的鬼来。
並兩个紙人。遞與趙姨娘。又悄悄教他道。把他兩个的年庚八
字寫在這兩個帋人上。一并五個鬼。都掖在他們各人床上就
完了。我只在家裏作法。自有效驗。千萬小心。不要害怕。正總說
完。只見王夫人的丫嬛進来找道。奶奶可在這裏。太太等你呢。

二人方散了不在話下却説林黛玉因見寶玉燙了臉揔不出
門倒時常在一處説話兒這日飯後看了兩篇書自覺無趣便
同紫鵑雪雁做了一回鍼線便覺煩悶倚着房門出了一回神
信步出来看堦下新迸出来的稚笋不覺出了院門一望園中
四顧無人惟見花光柳影鳥語溪聲林黛玉信步便往怡紅院
中来只見幾個丫頭舀水都在迴廊上圍着看畫眉洗澡呢聽
見房内有笑聲林黛玉便入房中看時原来是李宮裁鳳姐寶
釵寶玉都在這裏呢一見他進来都笑道這不又来了一個林黛玉

笑道今兒齊全。誰下帖子請来的。鳳姐道前兒個。我打發個丫
頭送了兩瓶茶葉去。你往那裏去了。林黛玉笑道倒忘了。多謝
多謝。鳳姐兒又道你嘗嘗可好不好。没有説完。寶玉便説道論
理可倒罷了。只是我説不是甚好。也不知别人嘗着怎麽樣。寶
叙道味道輕。只是顏色不很好些。鳳姐道那是暹羅進貢来的。
我喫着也没甚趣兒。還不如我每日喫的呢。林黛玉道我喫着
好。不知你們的脾胃是怎麽樣。寶玉道你果然愛喫。把我這个
你拿了去喫罷。鳳姐笑道你要愛喫。我那裏還有呢。林黛玉説

果真的。我打發丫頭去取了。鳳姐道不用取去。我打發人送来
就是了。我明兒還有一件事求你。一同打發人送来。林黛玉聽
了笑道。你們聽聽。只是喫了他們一點子茶葉。就来使喚了。鳳
姐笑道。倒求你。你倒說這些閒話。喫茶喫水的。你既喫了我們家
的茶。怎麼還不給我們家作媳婦。衆人聽了。一齊都笑起来。林
黛玉紅了臉。一聲兒不言語。便回過頭去了。李宫裁笑向寶釵
道真真好。我們二嬸子的詼諧是好的。林黛玉道什麼詼諧。不
過是貧嘴賤舌。討人厭惡罷了。說着便啐一口。鳳姐笑道你别

作夢。你替我們家作了媳婦。少什麽。指寶玉道。你瞧瞧人物兒。門第配不上。模樣配不上。家私配不上。那一點兒還玷辱了誰呢。林黛玉擡身就走。寶釵便叫顰兒急了。還不回來坐着走了倒沒意思。說着便站起來拉住。剛在房門前。只見趙姨娘周姨娘兩個進来瞧寶玉。李宮裁寶釵寶玉等都讓他兩个坐。獨鳳姐只和林黛玉說笑。正眼不看他們。寶釵方欲說話時。只見王夫人房内的丫頭来說舅太太来了。請奶奶姑娘們出去呢。李宮裁聽了。連忙叫着鳳姐等走了。趙周兩个也忙辭了寶玉出

来○寶玉道我也不能出去○你們好歹別叫舅母進来○又道林妹
妹你先略站一站○我說一句話○鳳姐聽了○回頭向林黛玉笑道○
有人叫你說話呢○說着便把林黛玉往裡一推○和李紈一同去
了○這裏寶玉拉着林黛玉的袖子○只是嘻嘻的笑○心裏有話○只
是口裏說不出来○此時林黛玉只是禁不住把臉紅漲起来○掙
着要走○寶玉道噯呀好頭疼○林黛玉道阿彌陀佛○寶玉大叫一
聲我要死○將身一縱○離地跳有三四尺高○口内亂嚷亂叫○說起
胡話来了○林黛玉並丫頭們都唬慌了○忙去報知王夫人賈母

十三

等。此時王子騰的夫人也在這裡。都一齊来時。寶玉越發拿刀弄杖。尋死覓活的。鬧得天翻地覆。賈母王夫人見了。抖衣亂顫。且兒一聲肉一聲放聲慟哭。於是驚動諸人。連賈赦邢夫人賈珍賈璉賈蓉賈芸賈萍薛姨娘薛蟠周瑞家一干人。家中上上下下裏裏外外衆媳婦丫嬛等。都来園內看視。登時亂麻一般。正沒个主見。只見鳳姐手持一把明晃晃的鋼刀。砍進園来見雞殺雞。見狗殺狗。見人就要殺人。衆人越發慌了。周瑞媳婦忙帶着幾个有力量膽壯的婆娘。上去抱住。奪下刀来。擡回房去。

平兒豐兒等哭的淚天淚地。賈政等心中也有些煩難。顧了這裏。丟不下那裡。別人慌張自不必講。獨有薛蟠更比諸人忙到十分去。又恐薛姨娘被人擠倒。又恐薛寶釵被人瞧見。又恐香菱被人臊皮。知道賈珍等是在女人身上做工夫的。因此忙的不堪。忽一眼瞥見了林黛玉風流婉轉。已酥倒在那裡。當下眾人七言八語。有的說請端公送祟的。有的說請巫婆跳神的。有的又薦玉皇閣的張真人。種種喧騰不一。也曾百般醫治祈禱。問卜求神。總無效驗。看看日落。王子騰夫人告辭回去。次日王子騰也来瞧問。接着小史侯家邢夫人弟兄輩。並各親戚眷屬都来瞧看。也有送符水的。也有薦僧道的。揔不見效。他叔嫂二人愈發糊塗。不省人事。睡在床上。渾身火炭一般。口内無般不説。到夜晚間。那些婆娘媳婦丫頭們。都不敢上前。因此把他二人都擡到王夫人的上房内。夜間派了賈芸帶着小子們挨次輪班看守。賈母王夫人邢夫人薛姨娘等寸地不離。只圍着了哭。此時賈赦賈政又恐哭壞了賈母。日夜熬油費火。鬧的人口不安。也却没了主意。賈赦還各處去尋僧覓道。賈政見揔不靈

效。着實懊悔。因阻賈赦道兒女之類。皆由天命。非人力之可强
者。他二人之病出於不意。百般醫治不效。想天意該如此。也只
好由他們去罷。賈赦也不理此話。仍是百般忙亂。那裡能見些
效驗。看看三日光景。那鳳姐和寶玉躺在床上。一發竟連氣都
將沒了。合家人口無不慌。都說沒了指望。忙着將他二人後世
衣履都置備下了。賈母王夫人賈璉平兒襲人幾人更比諸人
哭的忘飡廢食。覓死尋活。趙姨娘賈環等心中自是稱願。到了
第四日早辰。賈母等正圍着寶玉哭時。只見寶玉睜開眼說道。

從今已後。我可不在你家了。快收拾打發我走罷。賈母聽了這話。如同摘去心肝一般。趙姨娘在旁勸道。老太太不必過于悲痛。哥兒已是不中用了。不如把哥兒的衣服穿好。讓他早些回去。也免些苦。只管捨不得他。這口氣不斷。他在那世裡也受罪不安生。這些話沒說完。被賈母照臉啐了一口唾沫。罵道爛了舌頭的混賬老婆。誰叫你來多嘴多舌的。你怎麽知道他在那裡受罪不安生。怎麽見得不中用了。你願他死了。有什麽好處。你作夢。他死了我只和你們要命。素日都不是你們調唆着。逼他寫字念書。把膽子唬破了。他老子不像個逼鼠猫兒。都不是你們這起淫婦調唆的。這會子逼死了。你們遂了心。我饒那一个。一面罵一面哭。賈政在旁邊聽見這些話。心裡越發難過。便喝退趙姨娘。自已上来委宛解勸。一時又有人来回說兩口棺材都做齊了。請老爺出去看看。賈母聽了如火上澆油一般。便罵道是誰做了棺材。一疊聲只叫把做棺材的拉来打死。正鬧的天反地覆去沒個開交。只聞得隱隱木魚敲響。念了一句南無解寃孽菩薩。有那人口不利。家宅顛倒。或逢凶險。或中邪祟

十六

者我。善能醫治。賈母王夫人聽見這些話。那裡還捺得住。便命人去快請進来。賈政雖不自在。奈賈母之言。如何違拗。想如此深宅。何得聽的這樣真切。心中亦希罕。衆人舉目看時。原来是一個癩頭和尚。與一个跛足道人。只見那和尚怎的模樣。他鼻如懸膽兩眉長。目似明星蓄寶光。破衲芒鞋無住跡。腌臢更有滿頭瘡。那道人又是怎生模樣。但見一足高来一足低。渾身帶水又拖泥。相逢若問家何在。恰在蓬莱弱水西。賈政問道你二人在那廟焚修。那僧笑道長官不須多問。因聞得府上人口不利。故特来醫治。賈政道倒有兩個人中邪。不知你們有何符水。
那道人笑道你家現有希世奇珍。如何還問我們有符水。賈政
聽這話有意思。心中便動了。因說道小兒落草時雖帶了一塊
寶玉来。上面說能除邪祟。誰知竟不靈驗。那僧道長官你那裏
知道那物的妙用。只因他如今被聲色貨利所迷。故不靈驗了。
你今且取他出來。待我們持誦持誦。只怕就好了。賈政聽說。便
向寶玉項上取下那玉来。遞與他二人。那和尚接了過来。擎在
掌上。長嘆一聲道。青埂峰一別。轉眼已過十三載矣。人世光陰。

十七

如此迅速。塵緣滿目。若似彈指。可羨你當時那段好處。念云天不拘兮地不羈。心頭無喜亦無悲。却因煅煉通靈後。便向人間覓是非。可嘆你今日這番經歷。粉漬脂痕污寶光。綺櫳晝夜伴鴛鴦。沈酣一夢終須醒。寃孽償清好散場。念畢又摩弄一回。說了些瘋話。遞與賈政道。此物已靈。不可褻瀆。懸於屋上檻。將他二人安在一室之内。除親身妻母外。不可使陰人冲犯。三十三天之後。包管身安病退。復舊如初。說着回頭便走了。賈政趕着還要說話。讓二人坐了喫茶。要送謝禮。他二人早已出去了。賈

母等還只管着人去趕。那裏有個踪影。少不得依言將他二人
就安放在王夫人臥室之內。將玉懸在門上。王夫人親身看守。
不許別个人進来。至晚間他二人漸漸的醒来。說腹中飢餓。賈
母王夫人如得了真寶一般。就熬了米湯来與他二人喫了。精
神漸長。邪祟稍退。一家子纔把心放下来。李宮裁並賈府三豔
薛寶釵林黛玉平兒襲人等在外間聽信息。聞得喫了米湯省
了人事。別人未開口。林黛玉先就念了一聲阿彌陀佛。薛寶釵
便回頭看了半日。嗤的一笑。衆人都不會意。賈惜春道寶姉姉

六

好好的笑什麽。寶釵笑道。我笑如來佛比人還忙。又要講經說
法。又要普度衆生。只如今寶玉鳳姐姐病了又燒香還愿。賜福
消災。今日才好些。又管林姑娘的姻緣了。你說忙的可笑不可
笑。林黛玉不覺的紅了臉。啐了一口道。你們這起人不是好人。
不知怎麽死。再不跟着好人學。只跟着鳳姐貧嘴爛舌的學。一
面說一面摔簾子出去了。不知端的。下回分解。

紅樓夢第二十六回

蜂腰橋目送傳密語　瀟湘館春困發幽情

話說寶玉養過了三十三天之後。不但身體强壯。亦且連臉上瘡痕平服。仍回大觀園内去。這也不在話下。且說近日寶玉病的時節。賈芸帶着家下小廝坐更看守。晝夜在這裡。那紅玉同衆丫嬛也在這裏守着寶玉。彼此相見多日。都漸漸混熟了。那紅玉見賈芸手裡拿着手帕子。倒像是自己從前帶的。欲又問他。又不好問的。不料那和尚道士來過。用不着一切男人。賈芸

一

仍種樹去了。這件事待要放下。心内又放不下。待要問去。又怕
人猜疑。正是猶豫不决。神魂不定之際。忽聽窻外問道姐姐在
屋裏没有。紅玉聞聽。在窻眼内望外一看。原来是本院的個小
丫頭名叫佳蕙的。因荅說在家裏呢。進来罷。佳蕙聽了。跑進来
就坐在床上笑道。我好造化。纔剛在院子裏洗東西。寶玉叫往
林姑娘那裡送茶葉。花大姐姐交給我送去。可巧老太太那裏
給林姑娘送錢来。正分給他們的丫頭們呢。見我去了。林姑娘
就抓了兩把給我。也不知多少。你替我收着。便把手帕子打開。

把錢倒了出来○紅玉替他一五一十的數了收起○佳蕙道你這一程子○心裏到底覺怎麽様○依我說你竟家去住兩日○請個大夫来瞧瞧○喫兩劑葯就好了○紅玉道那裡的話○好好的家去作什麽○佳蕙道我想起来了○林姑娘生的弱○時常他喫葯○你就和他要些来喫○也是一様○紅玉道胡說○葯也是混喫的○佳蕙道你這也不是个長法兒○又懶喫懶喝的○終久怎麽様○紅玉道怕什麽○還不如早些死了倒乾净○佳蕙道好好的怎麽說這些話○紅玉道你那裡知道我心裏的事○佳蕙點頭想了一會○可也怨不

二

的這個地方難站。就想昨兒老太太因寶玉病了這些日子。說跟着伏侍的這些人都辛苦了。如今身上好了。各處還完了願。叫把跟着的人。都按着等兒賞他們。我們算年紀小。上不去。不得我們也不抱怨。想你怎麽也不算在裏頭。我心裏就不服。襲人那怕他十分兒。也不惱他。原該的。說良心話。誰還敢比他呢。別說他素日殷勤小心。便是不殷勤小心。也拼不得。可氣晴雯綺霞。他們這个都算在上等裡去。仗着老子娘的臉面。衆人倒捧着他去。你說可氣不可氣。紅玉道也不犯着氣他們。俗語說的千里搭長棚。沒有不散的筵席呢。不過三年五載。各人幹各人的去了。那時誰還管誰呢。這兩句話。不覺感動了佳蕙的心腸。由不得眼睛紅了。又不好意思好端端的哭。只得勉强笑道你這說的却是。昨兒寶玉還說明兒怎麽樣收拾房子。怎麽樣做衣裳。倒像有幾百年的熬煎。紅玉聽了冷笑了兩聲。方要說話。只見一个未留頭的小丫頭子走進來。手裡拿着些花樣子。並兩張紙。說道這是兩个樣子。叫你描出来呢。說着向紅玉擲下。回身就跑了。紅玉向外問道到是誰家的。也等不的說完就

三

跑。誰蒸下饅頭等着你。怕冷了。那小丫頭在窻外只說得一般
是綺大姐姐的。撞起脚来咕咚咕咚又跑了。紅玉便賭氣把那
樣子擲在一邊。向抽屜内找筆。找了半天。都是秃了的。因說道
前兒一枝新筆放在那裏了。怎麽一時想不起来。一面說一面
出神想了一回。方笑道是了。前兒晚上鶯兒拿了去了。便向佳
蕙道你替我去取了来。佳蕙道花大姐姐還等着我替他撞箱
子呢。你自取去罷。紅玉道他等着你。你還坐着閒打牙兒。我不
叫你取去。他也不等着你了。壞透了的小蹄子。說着自己便出

房来。出了怡紅院。一徑往寶釵院内来。剛至沁芳亭畔。只見寶玉的奶娘李嬷嬷從那邊走来。紅玉立住笑問道。李奶奶你老人家那裡去了。怎打這裡来。李嬷嬷站住。將手一拍。你說說。好好的又看上了那個種樹的什麽雲哥兒雨哥兒的。這會子逼着我叫了他来。明兒叫上房裏相見。可又是不好。紅玉笑道你老人家當真的就依着他去叫了。李嬷嬷道可怎麽樣呢。紅玉笑道那一个是要是知道好歹。就回不進来了才是。李嬷嬷道他又不痴。為什麽不進来。紅玉道既是進来。你老人家該同他

一齊来。回来吽他一个人亂磞。可是不好呢。李嬷嬷道我有那
樣工夫和他走。不過告訴了他。回来打發個小丫頭子。或是老
婆子帶進他来就完了。説着拄着拐一逕去了。紅玉聽説便站
着出神。且不去取筆。一時只見一个小丫頭子跑来。見紅玉站
在那裏。便問道林姐姐你在這裏作什麽呢。紅玉擡頭見是個
小丫頭子墜兒。紅玉道那去。墜兒道吽我帶進芸二爺来。説着
一逕跑了。這裡紅玉剛走至蜂腰橋門前。只見那邊墜兒引着
賈芸来了。那賈芸一面走。一面拏眼把紅玉一溜。那紅玉只當

着和墜兒説話。也把眼去一溜賈芸。四目恰相對時。紅玉不覺
臉紅了。一扭身往蘅蕪院去了。不在話下。這裡賈芸隨着墜兒
逶迤来至怡紅院中。墜兒先進去回明了。然後方領。賈芸看時
只見院内略略有幾點山石。種着芭蕉。那邊有兩隻仙鶴在松
樹下剔翎。一溜迴廊上吊着各色籠子。各色仙禽異鳥。上面小
小五間抱廈。一色雕鏤新鮮花樣隔扇。上面懸着一个匾額。四
个大字。題的是怡紅快緑。賈芸想道怪道叫怡紅院。原来匾上
是這樣四個字。正想着。只聽裡面隔着紗窻子笑説道。快進来

罷。我怎麼就忘了你兩三个月。賈芸聽的是寶玉的聲音。連忙進入房内。擡頭一看。只見金碧輝煌。文章燗灼。却看不見寶玉在那裏。一回頭只見左邊立着一架大穿衣鏡。從鏡後轉出兩個一般大的十五六歲的丫頭来。說請二爺裡頭屋裏坐。賈芸連正眼也不敢看。連忙荅應了。又進一座碧紗橱。只見小小一張填漆床上。懸着大紅銷金撒花帳子。寶玉穿着家常衣。靸着鞋。倚在床上拿着本書看。見他進来。將書擲下。早堆着笑立起身来。賈芸上前請了安。寶玉讓坐。便在下面一張椅子上坐了。

寶玉笑道自從那個月見了你我叫你往書房裏來誰知接接
連連許多事情就把你忘了賈芸笑道揔是我没福偏偏又遇
着叔叔身上欠安叔叔如今可大安了寶玉道大好了我到聽
見你[說]辛苦了好幾天賈芸道辛苦也是該當的叔叔大安了也
是我們一家子的造化說着只見有个丫嬛端了茶来與他賈
芸口裏和寶玉說着話眼裏却溜瞅那丫嬛細挑身林長方臉
面穿着銀紅襖子青緞背心白綾細摺裙不是别個却是襲人
這芸兒自從寶玉病了他在裏頭混了兩天他都把那有名人

六

口。記了一半。他也知道襲人在寶玉房中比別个不同。今見他端了茶来。寶玉又在旁邊坐着。忙站起来笑道。姐姐怎麽替我倒起茶来。到叔叔這裏又不是客。讓我自己倒罷了。寶玉道你只管坐着罷。丫頭們跟前也是這樣。賈芸笑道雖如此說。叔叔房裏姐姐們。我怎麽敢放肆呢。一面說一面坐下喫茶。那寶玉便合他說些没要緊的散話。又說道誰家戲子好。誰家的花園好。又告訴他誰家的丫頭標致。誰家酒席豐盛。又是誰家的有奇貨。又是誰家有異物。那賈芸只得口裏順着他說。說了一回。

見寶玉有些懶懶的了。便起身告辭。寶玉也不甚留。只說你明兒閑了只管来。仍命小丫頭子墜兒送他出去。出了怡紅院。賈芸見四顧無人。便把脚慢慢的停着些走。口裡一長一短和墜兒說話。先問了幾歲了。名字叫什麽。你父母在那一行上。在寶叔房内幾年了。一个月多少錢。共揔寶叔房内有幾个女孩子。那墜兒見問。便一樁樁都告訴了他。賈芸又道剛纔那個和你說話的。可是叫小紅。墜兒笑道他到叫小紅。你問他作什麽。賈芸道方纔他問你找什麽手帕子。我到撿了一塊。墜兒聽了笑

七

道他問了我幾遍。可有看見他的帕子。我有那麽大工夫管這些事。今兒他又問我。他說我替他找着了。他還謝我呢。總在那蘅蕪院門口說的。二爺也聽見了。不是我撒謊。好二爺你既撿了給我罷。我看他拿什麽謝我。原来上月賈芸進来種樹之時。便撿了一塊羅帕。便知是所在園内的失落的。但不知是那个人的。故不敢造次。今聽見紅玉問墜兒。便知是紅玉的。心内不勝喜幸。又見墜兒追索。心中早已得了主意。便向袖内将自己的一塊取了出来。向墜兒笑道。我給是給你。你若得了他的謝

禮。可不許瞞着我。墜兒滿口裏答應了。接了手帕子。送出賈芸
回来找紅玉。不在話下。如今且說寶玉打發了賈芸去後。意思
懶懶的。歪在床上。似有朦朧之態。襲人便走上来坐在床沿上推
他。說道怎麽又要睡覺。悶的很你出去逛逛不是。寶玉見說。便
拉他的手笑道。我要去只是捨不得你。襲人笑道快起来罷。一
面說一面拉了寶玉起来。寶玉道可往那裏去呢。怪膩膩煩煩
的。襲人道你出来就好了。只管這麽葳蕤。越發心裏煩膩。寶玉
無精打彩的。只得依他說出了房門。在迴廊上調弄了一回雀兒。

出至院外。順着沁芳溪看了一回金魚。只見那邊山坡上兩隻
小鹿。箭也似的跑来。寶玉不解何意。正自納悶。只見賈蘭在後
面拿着一張小弓。追了下来。一見寶玉在前面。便站住了笑道。
二叔叔在家裡呢。我只當出門去了。寶玉道。你又淘氣了。好好
的射他做什麼。賈蘭笑道。這會子不念書。閑着做什麼。所以演
習演習騎射。寶玉道。把牙栽了。那時才不演呢。說着。順着腳一
逕来到一个院門前。只見鳳尾森森。龍吟細細。舉目往門上一
看。只見匾上寫着瀟湘館三字。寶玉信步走入。只見湘簾垂地。

悄無人聲。走至窗前。覺得一縷幽香。從碧紗窗中暗暗的透出。
寶玉便將臉貼在紗窗上往裡看時。耳内忽聽得細細的長嘆
了一聲道。每日家情思睡昏昏。寶玉聽了。不覺心内癢將起来。
再看時。只見黛玉在床上伸懶腰。寶玉在窗外笑道。為什麽每
日家情思睡昏昏。一面說。一面掀簾子進来了。林黛玉自覺忘
情。不覺紅了臉。拿袖子遮了臉。翻身向裏粧睡着了。寶玉才走
上来要搬他的身子。只見黛玉的奶娘。並兩個婆子都跟了進
来。說妹妹睡覺呢。等醒了再請来。說着黛玉便翻身坐了起来。

笑道誰睡覺呢○那兩个婆子見黛玉起来○便笑道我們只當姑
娘睡着了○說着便叫紫鵑說姑娘醒了○進来伺候○一面說一面
都去了○黛玉坐在床上○一面擡手整理鬢髮○一面笑向寶玉道
人家睡覺○你進来作什麽○寶玉見他星眼微暘○香腮帶赤○不覺
神魂早蕩○一歪身坐在椅子上○笑道你才說什麽○黛玉道我沒
說什麽○寶玉笑道給你個榧子呢○我都聽見了○二人正說話○只
見紫鵑進来○寶玉笑道紫鵑把你們的好茶倒椀我喫○紫鵑道
那裡是好的呢○要好的只是等襲人来○黛玉道别理他○你先給

我舀水去罷○紫鵑笑道他是客○自然先倒了茶来○再舀水去○說着倒茶去了○寶玉笑道好丫頭○若共你多情小姐同鴛帳○怎捨得疊被鋪床○林黛玉登時撂下臉来○說道二哥哥你說什麽○寶玉笑道我何嘗說什麽○黛玉便哭道○如今新興的○外頭聽了村話来○也說給我聽○看了混賬書○也来拿我取笑兒○我成了替爺們解悶的○一面哭着○一面下床来往外就走○寶玉不知要怎樣○心下慌了○忙趕上来道好妹妹○我一時該死○你別告訴去○我要敢○嘴上就長個疔○爛了舌頭○正說着只見襲人走来說道○快回

去穿衣裳。老爺叫你呢。寶玉聽了。不覺打了个焦雷一般。也顧不得別的。急忙回来穿衣服。出園来只見焙茗在二門前等着。寶玉問道你可知道叫我。可是為什麽。焙茗道爺快出来罷。橫豎是見去的。到那裡就知道了。一面說一面催着寶玉轉過大廳。寶玉心裏還是狐疑。只聽墻角邊一陣呵呵大笑。回頭只見薛蟠拍着手跳了出来。笑道要不說姨夫叫你。你那裡出来的這麽快。焙茗也笑着跪下来。寶玉怔了半天。方解過来是薛蟠哄他出来。薛蟠連忙打恭作揖陪不是。又求不要難為了小子。

都是我逼他去的。寶玉也無法了。只好笑。因道你哄我也罷了。

怎麽說我父親呢。我告訴姨娘去。評評這個理。可使得麽。薛蟠

忙道好兄弟。我原為求你快些出来。就忘了忌諱。這句話改日

你也哄我。說我的父親就完了。寶玉道噯噯越發該死了。又向

焙茗道反叛[redacted]合的。還跪着作什麽。焙茗連忙叩頭起来。薛蟠道

要不是我也不驚動。只因明兒五月初三日。是我的生日。誰知

古董行的程日興。他不知那裡尋了来的這麽粗。這麽長。粉脆

的鮮藕。這麽大的大西瓜。這麽長的一尾新鮮的鱘魚。這麽大

十

的一個暹羅國進貢的靈柏香熏的暹猪。你說他這四樣禮。可難得不難得。那魚猪不過貴而難得。這藕和瓜虧他怎麽種出来的。我連忙孝敬了母親。趕着給你們老太太姨夫姨母送了些去。如今留下了些。我要自已喫。恐怕折福。左思右想。除我之外。惟有你還配喫。所以特請你来。可巧唱曲兒的一个小子又才来了。我同你樂一日何如。一面說一面来至他書房裡。只見詹光程日興胡斯来單聘仁等並唱曲兒的。都在這裏。見他進来。請安的。問好的。都彼此見過了。喫了茶。薛蟠即命擺酒来。說

猶未了。衆小廝七手八脚。擺了半天。方才停當歸坐。寶玉果見
瓜藕新異。因笑道我的壽禮還未送來。倒先擾了。薛蟠道可是
呢。明兒你送我什麽。寶玉道我可有什麽可送的。若論銀錢喫
穿等類的東西。究竟還不是我的。惟有或寫一張字。畫一張畫。
才算是我的。薛蟠笑道你提畫兒。我才想起來了。昨兒我看人
家一張春宮。畫的着實好。上面還有許多的字。我也沒細看。只
看落的款。原来是庚黄畫的。真真好的了不得。寶玉聽說。心下
猜疑。古今字畫也都見過些。那裡有个庚黄。想了半天。不覺笑

十二

將起來。命人取過筆来。在手心裏寫了兩个字。問薛蟠別是這兩个字罷。其寔與庚黄相去不遠。衆人都看時。原来是唐寅兩箇字。都笑道想必是這兩个字。大爺一時眼花了。也未可知。薛蟠只覺没意思。笑道誰知他是糖銀菓銀的。正說着小厮来回馮大爺来。寶玉便知是神武將軍馮唐之子馮紫英来了。薛蟠等一齊都叫快請。說猶未了。只見馮紫英一路說笑。已進来了。衆人忙起席讓坐。馮紫英笑道好呀。也不出門了。在家裡享樂罷。寶玉、薛蟠都笑道一向少會。老世伯身上康健。紫英荅道家

父倒也托庇康健○近来家母偶着了些風寒○不好了兩天○薛蟠
見他面上有些青傷○便笑道這臉上又合誰揮拳的○掛了幌子
了○馮紫英笑道○從那一遭把仇都尉的兒子打傷了○我就記了○
再不嘔氣○如何又揮拳○這个臉上是前日打圍的○在鐵網山叫
兔虎捎一翅膀○寶玉道幾時的話○紫英道三月二十八日去的○
前兒也就回来了○寶玉道怪道前兒初三四兒○我在沈世兄家
赴席○不見你呢○我要問不知怎麼就忘了○單你去了○還是老伯
也去了○紫英道可不是家父去○我沒法兒去罷了○難道我閒瘋

圭

了。咱們幾個人喫酒聽唱的不樂。尋那个苦惱去。這一次不幸之中又大幸。薛蟠衆人見他喫完了茶。都說道且入席。有話慢慢的說。馮紫英道聽說便立起身來。說道論理應該陪飲幾杯才是。只是今兒有一件大大要緊事。回去還要見家父的面。實不敢領。薛蟠寶玉衆人那裡肯依。死拉着不放。馮紫英笑道這又奇了。你我這些年。那回有這道理。果然不能遵命。若必定叫我領。拿大杯來我領兩杯就是了。衆人聽說只得罷了。薛蟠執壺。寶玉把盞。斟了兩大杯。那馮紫英站着一氣而盡。寶玉道你到

底把這个不幸之幸說完了再走。馮紫英笑道。今兒說的也不
盡興。我為這个還要特製一東請你們去細談。一則還有可惜
之處。說着執手就走。薛蟠道越發說的人熱剌剌的丟不下。多
早晚才請我們。告訴了。也免的人猶豫。馮紫英道多則十日。少
則八天。一面說一面出門上馬去了。衆人回来依席又飲了一
回才散。寶玉回至園中。襲人正記掛着他去見賈政。不知是禍
是福。只見寶玉醉醺醺回來。問其原故。寶玉一一向他說了。襲
人道人家牵腸掛肚的等着。你且享樂去。也到底打發人来給

个信兒○寶玉道我何嘗不要送信兒○只因馮世兄来了○就混忘
了○正說只見寶釵走進来笑道○偏我們新鮮東西了○寶玉笑道
姊姊家的東西○自然先偏了我們了○寶釵摇頭笑道○昨兒哥哥
到特特的請我喫○我不喫○叫他留着請人送人罷○我知道我的
命小福薄○不配喫那个○說着丫嬛倒了茶来○喫茶說閒話兒○不
在話下○却說那林黛玉聽見賈政叫了寶玉去了○一日不回来○
心中也替他憂慮○至晚飯後○聞得寶玉来家来了○心裡要找他
問問是怎麼樣了○一步步行来○見寶釵進寶玉的院内去了○自

已也便隨後走來了。剛到了沁芳橋。只見各色水禽都在池中
浴水。也認不出名色來。但見一箇个文彩炫耀。好看异常。因而
站住看了一會。往怡紅院來。只見院門關着。黛玉便以手叩門。
誰知晴雯和碧痕正辯了嘴。没好氣。忽見寶釵來了。那晴雯正
移在寶釵身上。正在院内抱怨說有事没事。跑了來坐着。叫我
們三更半夜的不得睡覺。忽聽又有人叫門。晴雯越發動了氣。
也並不問是誰。便說道都睡下了。明兒再來罷。林黛玉素知丫
頭們的情性。他們彼此頑要慣。恐怕院内的丫頭没聽真是他

圭

的聲音。只當是別的丫頭們。所以不開門。因而又高聲說道是我。還不開麼。晴雯偏生還沒聽出来。便使性子說道。憑你是誰。二爺吩咐的一槩不許放人進来呢。林黛玉聽了。不覺氣怔。在門外待要高聲問他。逗起氣来。自己又回思一番。雖說是舅母家。如同自己家一樣。到底是客邊。如今父母雙亡。無倚無靠。現在他家依栖。如今認真淘氣。也覺沒趣。一面想一面滾下淚珠来。正是回去不是。站着不是。正沒主意。只聽裏面一陣笑語之聲。細聽一聽。竟是寶釵寶玉二人。林黛玉心中越發動了氣。左思右想。忽然想起早起的事来。必竟是寶玉惱我告他的原故。但只我何嘗告你去来。你也不打聽打聽。竟惱我到這步田地。你今兒不叫我進来。難道明兒就不見面了。越想越傷感起来。也不顧蒼苔露冷。花徑風寒。獨立墻角邊花陰之下。悲悲戚戚嗚咽起来。原来這黛玉秉絶代姿容。具希世俊美。不期這一哭。那附近柳枝花朶上的宿鳥棲鴉。一聞此聲。俱忒楞楞飛起遠避。不忍再聽。真是花魂默默無情緒。鳥夢痴痴何處驚。因有一首詩道。

顰兒才貌世應希。獨抱幽芳出綉閨。嗚咽一聲猶未了。

落花滿地鳥驚飛。

那林黛玉正自啼哭。忽聽吱嘍一聲。院門開處。不知是那一個

出来。要知端詳。且聽下回分解。

紅樓夢第二十七回

滴翠亭楊妃戲彩蝶　埋香塚飛燕泣殘紅

話說林黛玉正自悲泣。忽聽院門響處。只見寶釵出来了。寶玉襲人一羣人送了出来。待要上去問着寶玉。又恐當着衆人。問羞了寶玉。不便。因而閃過一旁。讓寶釵去了。寶玉等進去關了門。方轉過来。猶望着門洒了幾點淚。自覺無味。方轉回身来。無精打彩的卸了殘妝。紫鵑雪雁素日知道林黛玉性情。無事悶坐。不是愁眉。便是長嘆。且好端端的不知為了什麽。常常的便自泪自鬱的。先時還有人解勸。或怕他思父母。想家鄉。受了委曲。用話自得寬慰解勸。誰知後来一年一月的竟常常如此。把這个樣兒看慣。也都不理論了。所以也没人去理。由他去悶坐。只管睡覺去了。那林黛玉倚着床欄杆。兩手抱着膝。眼睛含着泪。好似木雕泥塑的一般。至坐到二更多天。方才睡了。一宿無話。至次日乃是四月二十六日。原来這日未時交芒種節。尚古風俗。凡交芒種節的這日。都要設擺各色禮物。祭餞花神。言芒種一過。便是夏日了。衆皆因花神退位。須要餞行。然閨中更興這件風俗。所以大觀園中之人。都蚤起来了。那些女孩子們。或用花瓣柳枝編成轎馬的。或用綾錦紗羅疊成杆旄旌幢的。都用彩線繫了。每一棵樹。每一枝花上。都繫了這些物事。滿園中繡帶飄飄。花枝招颭。更兼這些人打扮的桃羞杏讓。燕妬鶯慚。一時也道不盡。且說寶釵迎春探春惜春李紈鳳姐等。並巧姐大姐香菱與衆丫頭們在園頑耍。獨不見林黛玉。迎春因說道林妹妹怎麽不見。好个懶丫頭。這會子還睡覺不成。寶釵道你們等着。等我去鬧了他来。說着便丢了衆人。一直往瀟湘館来。

正走着。見文官等十二个女孩子也来了。上来問了好。説了一
回閒話。寶釵回身指道他們都在那裏呢。你們找他們去。我叫
林姑娘去就来。説着便迤邐往瀟湘館来。忽然擡頭見寶玉進
去了。寶釵便站住低頭想了一想。寶玉和林黛玉是從小兒一
處長大。他兄妹間多有不避嫌疑之處。嘲笑喜怒無常。况且林
黛玉素習猜忌。好弄小性兒的。此刻自己也跟了進去。一則寶
玉不便。二則黛玉嫌疑。罷了。倒是回来的妙。想畢抽身回来。剛
要尋別的姊妹去。忽見面前一雙玉色蝴蝶。大如團扇。一上一

下○迎風翩躚○十分有趣○寶釵意欲撲了来頑耍○遂向袖中取出扇子○向草地下来撲○只見那一雙蝴蝶忽起忽落○来来往往○穿花度柳○將欲過河去了○引的寶釵躡手躡脚的○一直跟到池中滴翠亭上○香汗淋漓○嬌喘細細○寶釵也無心撲了○欲回来只聽滴翠亭裡邊○嘁嘁喳〻有人說話○原来這亭子四面雕鏤槅子糊着紙○寶釵在亭外聽見說話○便煞住脚往裏細聽○只聽說道你瞧瞧這手帕子果然是你丢的那塊○你就拿着○要不是就還芸二爺去○有人說話可不是我那塊○拿来給我罷○又聽道你拿

三

什麼謝我呢。難道白尋了来不成。又荅道我既許了謝你。自然不哄你的。又聽道說我尋了来給你自然謝我。但只是撿的人你就不拿什麼謝他。又回道你别胡說。他是个爺們家。撿了我們的東西。自然該還的。叫我拿什麼謝他呢。又聽說道你不謝他。你怎麼回他呢。况且他再三再四的和我說了。若沒謝的。不許我給你的。半晌又聽荅道也罷。拿我這個給他算謝的罷。你要告訴别人呢。須說誓来。又聽說道我要告訴一个人。就長一個疔瘡。日後不得好死。又聽說道噯呀。咱們只顧說話。看有人

来悄悄的在外頭聽見。不如把這槅子都推開了。便是人見咱
們在這裏。他們只當我們在這裏說頑話呢。若是走到跟前。咱
們也看的見。就別說了。寶釵在外面聽見這話。心內喫驚。想道
怪道從古至今那些奸淫狗盜的人。心機都不錯。這一開了。見
我在這裏。他們豈不臊了。况才說話的語音。大似寶玉房裡紅
兒的語音。他素昔眼空心大。是个頭等刁鑽古怪東西。今兒我
聽了他的短兒。一時人急造反。狗急跳墙。不但生事。而且我還
没趣。如今便趕着躲了。料也躲不及。少不得要使个金蟬脫殼

四

的法子○猶未想完○只聽咯吱一聲○寶釵便故意放重了脚步○笑
着叫道蟬兒○我看你往（那）裏藏○一面說○一面故意往前趕○那亭内
的紅玉墜兒剛一推窗○只聽寶釵如此說着○又往前趕○兩个人
都唬怔了○寶釵反向他二人笑道○你們把林姑娘藏在那裏了○
墜兒道何曾見林姑娘来○寶釵道我才在河邊看着林姑娘在
那裏蹲着弄水兒的○我要悄悄的唬他一跳○還沒有走到跟前○
（他）栽倒看見我了○朝東一繞○就不見了○别是藏在裡頭了○一面說
一面故意進去尋了一尋○抽身就走○口内說道一定又鑽在山

子洞去了。遇見蛇齩一口也罷了。一面說一面走。心中又好笑。
這件事算遮過去了。不知他二人是怎樣。誰知紅玉見了寶釵
的話。便信以為真。讓寶釵去遠。便拉墜兒道了不得了。林姑娘
蹲在這裡。一定聽了話去了。墜兒聽說。也半日不言語。紅玉又
道這个怎麼樣呢。墜兒道便是聽見了。管誰筋疼。各人幹各人
就完了。紅玉道若是寶姑娘聽見還倒罷了。林姑娘嘴裏又愛
刻薄人。心裡又細。他一聽見了。倘或走漏了怎麼樣呢。二人正
說着。只見文官香菱司棋侍書等上亭子來了。二人只得掩住

五

這話。且和他們頑笑。只見鳳姐兒站在山坡上招手叫。紅玉連
忙棄了衆人。跑至鳳姐前堆着笑問奶奶使喚作什麽事。鳳姐
打諒了一打諒。見他生的乾淨俏麗。說話知趣。因笑道我的丫
頭今兒沒跟進我來。我這會子想起一件事來。要使喚个人出
去。不知你能幹不能幹。說的齊全不齊全。紅玉笑道奶奶有什
麽話。只管分付我去。若說的不齊全。誤了奶奶的事。凴奶奶責
罰就是了。鳳姐兒笑道你是那位小姐房内的。我使你出去。他
回来找你。我好替你說的。紅玉道我寶二爺房裡的。鳳姐聽了

笑道噯呀。你原来是寶玉房裡的。怪道呢。也罷了。等他問。我替
你說。你到我們家告訴你平姐姐。外頭屋裏桌子上窑盤子架
兒底下。放着一卷銀子。那是一百二十兩。給綉匠的工價。等張
材家的来要。當面稱給他瞧了。再給他拿去。再裡頭床頭間有
一个小荷包拿了来。紅玉聽說撤身去了一回。只見鳳姐不在
這山坡上了。因見司棋從山洞裏出来站着繫裙子。便趕上来
問道姐姐不知道二奶奶往那去了。司棋道沒理論。紅玉聽了
抽身又往四下裏一看。只見那邊探春寶釵在池邊看魚。紅玉

六

上来陪笑問道。姑娘們可知道二奶奶那去了。探春道往你大
奶奶院裏找去。紅玉聽了才往稻香村来。頂頭的只見晴雯綺
霞碧痕紫綃麝月侍書入畫鶯兒等一群人来了。晴雯一見了
紅玉。便説道你只是瘋罷。院子裡花兒也不澆。雀兒也不喂。茶
爐也不攏。就在外頭逛。紅玉道昨兒二爺説了今兒不用澆花。
過一日澆一回罷。我喂雀兒時候。姐姐還睡覺呢。碧痕道茶爐
子肉呢。紅玉道今兒不該我攏的班兒。有茶没茶別問我了。綺霞
道你聽聽他的嘴。你們別説了。讓他逛去罷。紅玉道你們再問

閒。逛了没逛。二奶奶使喚我說話取東西的。說着將荷包舉給
他們看。方没言語了。大家分路走開。晴雯冷笑道怪道呢。原来
爬上高枝兒去了。把我們不放在眼裡。不知說了一句話半句
話。明兒（後）旺兒知道了不曽呢。就把他興的這个樣。這一遭兒半
遭兒的筭不得什麽。過了後兒還得聽（照舊）。我（說）有本事今兒出了這
園子。長長遠遠的在高枝兒上才算的。一面說着去了。這裏紅
玉聽說。不便分証。只得忍氣着来找鳳姐兒。到了李氏房中。果
見鳳姐兒在這裡和李氏說話兒呢。紅玉上来回道。平姐姐說

奶奶剛出来了○他就將銀子收了起来○纔張材家的来取○當面
稱了給他拿去了○說着將荷包遞了上去○又道平姐姐教我回
奶奶○纔旺兒進来討奶奶的示下○好往那家子去的○平姐姐就
把那話按着奶奶的意思打發他去了○又道平姐姐說我們奶
奶問這裏奶奶好○原是我們二爺不在家○雖然遲了兩天○只管
請奶奶放心○等五奶奶好些○我們奶奶還會了五奶奶来瞧奶
奶呢○五奶奶前兒打發了人来○說舅奶奶帶了信来了○問奶奶
好○還要和這裏的姑奶奶尋兩丸延年神驗萬全丹○若有了○奶

奶打發人来○只管送在我們奶奶這裏○明兒有人去○就順路給
那舅奶奶帶去的○話未說完○李氏道嗳呀呀○這話我就不懂了○
什麽爺爺奶奶的一大堆○鳳姐兒笑道怨不的你不懂○這是四
五門子的話呢○說着又向紅玉笑道好孩子○難為你說的齊全○
别像他們扭扭捏捏蚊子似的○嫂子你不知道○如今除了我隨
手使的這幾个丫頭老婆子外○我就怕别人說話○他們必定把
這一句話拉長了作兩三句兒○咬文嚼字○拿着腔兒哼哼吸吸
的○急的我冒火○他們那裏知道○先時我們平兒也是這麽着○我

就問着他○難道必定粧蚊子哼哼○就是美人了○幾遭才好些兒了○李宫裁笑道○都像你潑落戶才好○鳳姐兒又道這一个丫頭就好○方才這遭說話雖不多○聽那口聲就簡斷○說着又向紅玉笑道○你明兒伏侍我去罷○我認你作女兒○我一調理○你就有出息了○紅玉聽了○撲哧一笑○鳳姐道你怎麽笑○你說我年輕○比你能大幾歲○就作你的媽了○你作春梦呢○你打聽打聽這些人頭○比你大的趕着我叫媽○我不理○今兒擡舉了你呢○紅玉笑道○我不是笑這个○我笑奶奶認錯了輩数了○我媽是奶奶的女兒○這

會子又認我作女兒。鳳姐道誰是你媽。李宮裁笑道你原来不認得他。他是林之孝之女。鳳姐聽了十分詫意。因問道哦。原来是他的丫頭。又笑道林之孝兩口子。都是錐子扎不出一點聲兒来的。我成日家說他們倒是配就的了一對夫妻。一个是天聾。一个是地啞。那裏承望養出這麽个伶俐丫頭来。你十幾歲了。紅玉道十七了。又問名字。紅玉道原叫紅玉的。因為重了寶二爺。如今只叫紅兒。鳳姐聽了將眉一皺。把頭一回。說道討人嫌的很。得了玉的倚似的你也玉。我也玉。因說道既這麽着肖

九

跟我。還和他媽說。賴大家的如今事多。也不知這府裏誰是誰。你替我好好挑兩个丫頭我使。他一般的荅應着。他饒不挑。倒把他的這女孩子送了別處去。難道跟我必定不好。李氏笑道你可是又多心了。他進來在先。你說在後。怎麽怨的他媽。鳳姐道既這麽着。明兒我和寶玉說。叫他再要人。叫這个丫頭跟我去。可不知他本人愿意不愿意。紅玉道我們也不敢說。只是跟着奶奶。我們也學些眉眼高低。出入上下大小的事。也得見識見識。剛說着。只見王夫人的丫頭來請。鳳姐便辭了李宮裁去了。紅玉回怡紅院去。不在話下。如今且說林黛玉因夜間失寐。次日起來遲了。聞得衆姊妹都在院中作餞花會。恐人笑他痴懶。連忙梳洗了出來。剛到了院中。只見寶玉進門來了。笑道好妹妹。你昨兒可告了我不曾。叫我懸了一夜心。林黛玉便回頭叫紫鵑道把屋子收拾了。下一扇紗窗。看那大燕子回來。把簾子放了下來。拿獅子倚住。燒了香就把鑪罩上。一面說一面又往外走。寶玉見他這樣。還認作是昨日中晌的事。那知晚間的這段公案。還打恭作揖的。林黛玉正眼也不看。各自出了院門○一直的找別的姊妹去了○寶玉心中納悶○自己猜疑看起這个光景来○不像是為昨日的事○但只昨日事我回来晚了○又沒有見他○再沒有冲撞了他去處了○一面想一面由不得隨後追了来○只見寶釵探春正在那邊看寉舞○見黛玉去了○三个一同站住說話兒○又見寶玉来了○探春便笑道寶哥哥身上好○我整整三天沒見你了○寶玉笑道妹妹身上好○我前兒還在大嫂子跟前問你呢○探春道寶哥哥你往這裏来○我和你說話○寶玉聽說○便跟了他○離了寶釵兩个到了一棵石榴樹下○探春因說道○

這幾天老爺可曾叫你。寶玉笑道沒有叫。探春說昨兒我恍惚
聽見說老爺叫你出去的。寶玉笑道那想是別人聽錯了。並無
叫的。探春又笑道這幾個月。我又攢下有十來吊錢了。你還拿
了去。明日出門逛去的時候。或是好字畫。好新巧頑意兒。替我
帶些來。寶玉道我這麼城裏大廊小廟的逛。也沒見个新奇精
緻東西。揔不過是那些金玉銅磁。沒處擱的古董。再就是細緻
喫食衣服。探春道誰要這些。怎麼樣你上回買的那柳枝兒編
的小籃子。整竹子根摳的香盒兒。膠泥垛的風鑪兒。這就好了。

十

我喜歡的什麼似的。誰知他們都愛上了。當寶貝似的搶了去了。寶玉笑道原来要這个。這不值什麼。拿五百錢去給小子們。管拉兩車来。探春道小厮們知道什麼。你揀那樸而不俗。直而不曲者〔的〕這些東西。你多多的替我帶了来。我還想上回的鞋做一對你穿。比那雙還加工夫如何呢。寶玉笑道你提起鞋来。我想起故事。那一回穿着。可巧遇見了老爺。老爺就不受用。問道誰做的。我那裏敢提三妹妹三字。我就回說是前兒我生日。是舅母給的。老爺聽了是舅母給的。才不好說什麼的。半日。還

說何苦來。虛耗人力。作踐綾羅。做這樣的東西。我回來告訴襲
人。襲人說這罷了。趙姨娘氣的報怨的了不得。正經兄弟鞋搨
拉襪搨拉的。沒人看的見。且作這些東西。探春聽說。登時沈下
臉來道。這話糊塗到什麼田地。怎麼我是該做鞋的人麼。環兒
難道沒有分例的。沒有人的。一般的衣裳是衣裳。鞋襪是鞋襪。
丫頭老婆一屋子。怎麼報怨這些話給誰聽呢。我不過閒着沒
事。做一雙半雙。愛給那個哥哥兄弟隨我的心。誰敢管我不成。
這也是氣的。寶玉聽了點頭笑道。你不知道他心裏自然又有

十二

个想頭了。探春聽了一發動了氣。將頭一扭。說道連你也糊塗
了。他那想頭自然是有的。不過是陰微鄙賤的見識。他只管這
麽想。我只管認的老爺太太兩个人。別人我一槩不管。就是妹
妹兄弟跟前。誰和我好。我就和誰好。什麽偏的庶的。我也不知
道。論理我不該說他。但忒昏憒的不像了。還有笑話兒呢。就是
上回我給你那錢。替我帶那碩的東西。過了兩天。他見了我。也
是說沒錢使。怎麽難。我也沒理論。誰知後來丫頭們出去了。他就
報怨起我來。說我攢的錢。為什麽給你使。倒不給環兒使了。我

見這話又好笑又好氣。我就出來往太太跟前去了。正說着只
聽寶釵那邊笑道。說完了来罷。顯見的是哥哥妹妹了。丢下別
人且說梯已去。我們聽一句兒就使不得了。說着摸春寶玉二
人方笑着来了。寶玉因不見了林黛玉。便知他躲了別處去了。
想一想索性遲兩日等他氣嘆一嘆再去也罷了。因低頭看見
許多鳳仙石榴等。各色落花。錦重重的落了一地。因嘆道這是
他心裏生了氣。也不收拾這花兒来了。待我送了去。明兒再問
着他。說着只見寶釵約着他們往外頭去。寶玉道我就来。說畢。

十三

等他二人去遠了。便把花兜了起来。登山渡水。過樹穿花。一直奔了那日同林黛玉葬桃花的去處来。將已到了花塚。猶未轉過山坡。只聽山坡那邊有嗚咽之聲。一行數落着哭。好不傷感。寶玉心下想道這不知是那房裏的丫頭受了委屈。跑到這个地方来哭。一面想一面煞住脚步。聽他哭道是。

花謝花飛飛滿天。紅消香斷有誰憐。遊絲軟繫飄春榭。落絮輕沾撲繡簾。閨中女兒惜春暮。愁緒滿懷無釋處。手把花鋤出繡簾。忍踏落花来復去。柳絲榆莢自

芳菲○　不管桃飄與李飛○　桃李明年能再發○　明年閨中
知有誰○　三月香巢已壘成○　梁間燕子太無情○　明年花
發雖猶啄○　却不道人去梁空巢也傾○　一年三百六十日○
風刀霜劍嚴相逼○　明媚鮮嬌能幾時○　一朝飄泊難尋
覓○　花開易見落難尋○　堦前悶殺葬花人○　獨把花鋤淚
暗灑○　洒上空枝見血痕○　杜鵑無語正黃昏○　荷鋤歸去
掩重門○　青燈照壁人初睡○　冷雨敲窗被未溫○　怪奴底
事倍傷神○　半為憐春半惱春○　憐春忽至惱忽去○　至又

無言去不聞○　昨宵庭外悲歌發○　知是花魂與鳥魂○　花
魂鳥魂總難留○　鳥自無言花自羞○　願奴脇下生雙翼○
隨花落到天盡頭○　天盡頭○　何處有香邱○　未若錦囊收
艷骨○　一抔淨土掩風流○　質本潔來還潔去○　强於污淖
陷渠溝○　爾今死去儂收葬○　未卜儂身何日喪○　儂今葬
花人笑痴○　他年葬儂知是誰○　試看春殘花漸落○　便是
紅顏老死時○　一朝春盡紅顏老○　花落人亾兩不知○
寶玉不覺痴倒○　要知端詳下回分解○